KB114089

승소머신
강변호사

승소머신 강변호사 4

가프 장편소설

초판 1쇄 찍은 날 § 2018년 3월 20일
초판 1쇄 펴낸 날 § 2018년 3월 27일

지은이 § 가프
펴낸이 § 서경석

총괄팀장 § 최하나
편집책임 § 이선근
편집 § 김슬기

펴낸곳 § 도서출판 청어람
등록번호 § 제387-1999-000006호
등록일자 § 1999. 5. 31
어람번호 § 제1-2869호

주소 § 경기도 부천시 부일로 483번길 40 서경B/D 3F (우) 14640
전화 § 032-656-4452 팩스 § 032-656-4453
http://www.chungeoram.com
E-mail § chungeorambook@daum.net

ⓒ 가프, 2018

ISBN 979-11-04-91684-7 04810
ISBN 979-11-04-91610-6 (세트)

승소머신 강변호사

가프 장편소설

4

FUSION
FANTASTIC
STORY

도서출판 청어람

Contents

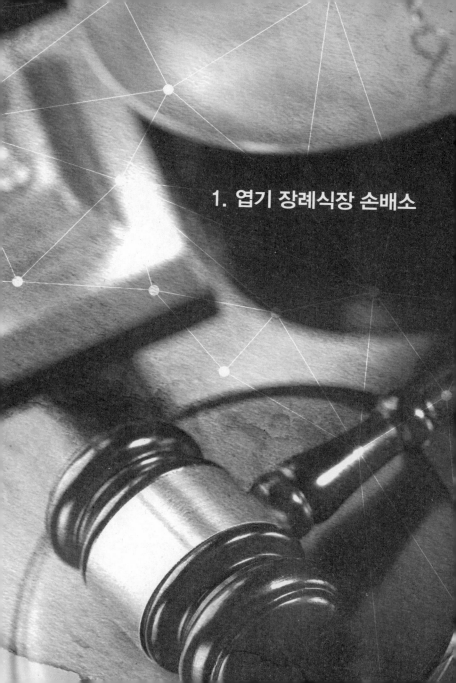

1. 엽기 장례식장 손배소

이른 아침, 비행기가 인천공항에 닿았다. 입국 수속을 마치고 나오려는데 입국장 앞이 소란스러웠다. 창규의 신경이 곤두섰다. 혹시라도 기자들이 몰려들면 귀찮을 일이었다. 그런데… 정말로 기자들이 몰려오고 있었다.

'엇!'

한순간 당황했지만 기자들의 목표는 창규가 아니었다.

"송규태 감독님!"

"감독님, 잠깐만요!"

20여 명의 기자들이 한 중년 남자를 둘러쌌다. 최근 칸 영

화제 경쟁 부문에서 세계적인 거장 캔 소치를 밀어내고 황금
종려상을 탐으로써 최고로 주목받는 영화감독이었다. 그는
해외 로케라도 다녀오는 듯 여러 배우들과 함께였다.

"새 작품에 돌입한 겁니까?"

"할리우드 진출설은 어떻게 되고 있습니까? 팬들이 궁금해
합니다."

기자들이 목소리를 높였다. 하지만 송 감독의 시선은 다른
곳에 있었다. 두리번거리던 그의 시선이 한 여성에게 닿았다.
송 감독은 기자들을 헤치며 그녀에게 다가갔다. 여자는 20대
초반의 동남아시아인풍. 가녀린 몸매에 머리에는 흰 연꽃 생
화를 꽂은 여자… 송 감독은 그녀의 이마에 키스를 하고 그
녀가 내미는 꽃다발을 받아 들었다.

촤르르!

펑펑!

동영상과 카메라 세례가 쏟아졌다. 송 감독은 여자 옆에 서
서 편안한 미소를 지었다. 둘은 부부였다. 만혼의 송 감독, 마
흔 줄이 넘어서야 결혼을 발표했다. 시원한 호남형의 얼굴이
라 여배우들의 러브 콜을 받았던 감독. 한때는 20대 초반 여
배우의 육탄 돌격도 마다해 영화판에서는 국보급 총각으로
꼽히던 그였다.

그가 결혼을 발표한 날, 많은 여배우들이 응급실로 실려 갔

다는 루머가 있었다. 뭇 여성들의 구애에 눈길도 안 주던 그가 선택한 여자. 한국 여자가 아니라 베트남 여자였던 것이다.

―43세 송 감독과 21세 평범한 베트남 여자.

22살 나이 차이는 뉴스감도 아니었다. 얼핏 보면 여전히 20대 후반으로 보이는 막강 동안의 송 감독이었다. 국내에서도 20대 여배우들의 선망의 눈길을 받던 그였으니 관심의 방향은 여자에게 쏠렸다.

베트남 여자라서 문제가 되는 건 아니었다. 그녀가 그저 평범한 여자라는 것. 수줍게 웃는 모습이 하얀 연꽃처럼 소박하다는 것 외에는 큰 매력이 없는 까닭이었다.

하지만 둘의 포즈는 닭살에 천생연분 각이었다. 결혼 생활이 어떻게 진행되는지는 알 수 없지만 겉으로 보이는 부부애만큼은 부러움을 살 만큼 아름답게 보였다.

"이야, 뭔가 살짝 언밸런스하지만 그러면서도 기막히게 어울리는 한 쌍인데요? 역시 예술하는 사람들은 다르단 말이죠."

한윤기가 촌평을 내놓았다. 창규는 조용한 미소로 반응했다. 얼마 전까지만 해도 한 원장 역시 저랬다. 그래서 한 원장이 대단했다. 자신의 고난을 슬기롭게 넘어가고 있는 것이다.

"우리 감독님, 사모님 보고 싶어서 어떻게 촬영하셨습니까?"

"일은 일이고 집사람은 집사람이지요."

송 감독이 기자들에게 응수했다. 그러면서도 시선은 연신 여자의 얼굴에서 떨어지지 않았다. 창규의 시선은 그녀의 연꽃에 있었다. 역시 외국인이다. 한국 사람이라면 머리에 생화를 꽂을 생각은 하기 어려울 일이다.

바로 그때.

창규의 시선에 뜨끔한 불꽃이 스쳐 갔다.

"……?"

창규의 눈빛이 그녀의 작은 볼에서 멈췄다. 눈을 꿈뻑, 한 번 더 확인하는 창규.

破.

혼귀왕들의 수임이었다.

破!

그 한 글자에 얼어붙은 창규가 송 감독을 돌아보았다.

부부는 닮는다. 그런데 닮지 않아도 될 것까지 닮아버렸다. 두 사람의 볼에 선연한 수임의 표식.

破, 破!

고운 명화에 던져진 잡티가 분명하지만 신흔(神痕)은 사라지지 않았다.

'몽달천황, 왕신여제……'

뒤를 돌아보았다. 옆을 살펴보았다. 보일 리 없다. 하지만, 느낄 수 있었다. 두 혼귀왕이 가까이 있다는 것. 거부할 수 없는 의뢰 오더를 던졌다는 것.

잘 놀다 오셨나?

귀국 환영 수임이니라.

소리 없는 공명으로 전달되는 혼귀국의 오더. 이제는 처음
도 아니기에 깊은 날숨으로 오더를 받았다.

─송규태와 리엔 부부.

'접수합니다.'

창규는 눈빛으로 답했다.

"어이, 강 변호사!"

그사이, 창규에게도 딱 한 명의 기자가 따라붙었다. 도병찬
이었다.

"송규태 감독은 저쪽인데요?"

창규가 말했다.

"하핫, 난 강 변호사 취재하러 왔거든. 여기 한 원장님하고."

도병찬이 한윤기를 바라보았다.

"신보라 씨 건이라면 이제 한물간 거 아닌가요?"

창규가 웃었다. 도병찬과 신보라는 먼 친척 사이. 신보라를
창규에게 소개한 것도 도병찬이었다.

"오해하지 말라고. 내가 취재하려는 건 해외 심장병 어린이
무료 수술 건이거든."

"그건 또 어떻게?"

"어허, 대한민국 기자들이 다 기레기는 아닙니다요. 어때? 나중에 귀찮게 시간 잡지 말고 여기서 간단히……."

"원장님……."

창규가 한윤기를 돌아보았다.

"저도 솔직히 기사 같은 건 바라지 않습니다만……."

"알고 있습니다. 병원에도 확인했는데 그동안 무료 수술을 하시면서도 보도 자료조차 돌리시지 않았더군요. 총 14회 수술에 고작 초기의 2, 3회만 보도 자료 제공."

"그게 말이죠, 병원 홍보 수단으로 삼으면 본래의 취지가 무색해지는 관계로……."

"그러니까 더욱 기사화되어야 한다는 말입니다. 아, 솔직히 말해서 이런 거 하면서 은근히 병원 광고 하려는 병원이 한두 곳입니까?"

"그래서 더 사양합니다. 결국 그 대열에 끼는 꼴일 테니까요. 게다가 우리 아이들… 카메라 앞에 세워서 구경거리로 내세우고 싶지 않습니다. 걔들도 프라이드가 있거든요."

―아이들의 프라이드!

한윤기의 신념은 확고했다. 도와준다는 명분으로 아이들을 구경거리로 팔고 싶지 않은 것이다.

"미치겠네. 진짜 기사화해야 하는 건 이렇게 뺀찌를 먹고, 기사화할 가치가 없는 것들은 인맥을 동원해서 기사 내달라고 떼를 쓰니……."

"아무튼 기자님 마음만은 고이 간직하겠습니다."

한윤기는 그 말을 끝으로 앞서 걸었다.

"들었죠? 원장님이 안 된다면 안 되는 겁니다."

창규 역시 찡긋 윙크를 남기고 뒤를 따랐다.

"허, 기자 체면이 말이 아니네. 하긴 이게 다 우리가 자초한 꼴이니……."

도병찬은 혼자 혀를 찼다. 하지만 이내 표정이 밝아졌다. 진짜 아름다운 사회… 그게 만들어지려면 기사화 거절이 많아져야 한다. 깜도 아닌 미담이 문자의 장난으로 미화되는 현실이 아닌가?

'역시 인성은 성적하고 관계가 없다니까. 아니, 어쩌면 거꾸로 가는 걸지도…….'

고개를 절로 끄덕이는 도병찬. 그가 기억하는 창규의 로스쿨 성적은 그저 그랬다. 동생 도현승에게 들은 말이었다. 하지만 지금 창규가 하는 일들은 수석과 차석으로 법조계에 나간 인간들보다 한 뼘 더 높은 품격이었다.

삭막한 법조인에게 향이 나는 것이다.

향.

도병찬 기자는 오래도록 그 인향(人香)을 음미했다.

끼이.

사무실 문을 열었다. 창규 손에는 피자가 두 판 들려 있었다. 밤을 새워 날아온 한국. 집에 가서 쉬고 내일 출근할까 싶었지만 그럭저럭 참을 만했다. 그래서 순비에게 인사를 전하고 바로 출근한 창규였다.

시간은 9시 50분.

그런데…….

사무실 안에 아무도 없었다.

'응?'

사무장은 물론, 일범과 상길, 심지어는 꾀꼬리 인사말을 하던 미혜도 보이지 않는 것이다.

뭐야?

살짝 배신감이 작렬했다. 철석같이 믿고 있는 직원들. 그런데 오너가 자리를 비우니 단체로 땡땡이?

푸헐!

피자를 내려놓고 돌아서는데 회의실 안에서 희끗한 무엇이 보였다. 그 문을 가만히 열었다.

"……!"

창규 눈이 휘둥그레졌다. 창규는 살며시 문을 닫고 돌아섰다.

"……!"

그러나 또 한 번 놀라는 창규. 어느새 미혜가 앞에 서 있는 게 아닌가? 그녀의 손에는 휴지며 방향제 등의 사무실 소모품이 가득 들려 있었다. 이제 보니 소모품을 사러 나갔던 모양이었다.

　　"변호사님!"

　　미혜가 빼액 소리를 질렀다. 그러자 회의실 안에 있던 삼총사가 달려 나왔다.

　　"변호사님!"

　　"선배님!"

　　삼총사도 낮은 소리는 아니었다. 셋은 회의실에서 수임 건에 대해 검토를 하고 있었다. 산더미 같은 자료를 쌓아두고 토의를 하느라 누가 온 줄도 몰랐던 것. 그걸 모른 채 땡땡이가 어쩌고를 찾았으니 부끄러운 마음에 돌아선 창규였다.

　　"출근하신 거예요?"

　　사무장이 물었다. 그녀의 손에는 자료가 한 줌이었다.

　　"예, 잠은 비행기에서 대충 자서……."

　　"피자까지?"

　　"아무래도 간식 타임 같아서……."

　　"아, 오전 간식은 간단한 게 좋은데… 아무튼 고맙게 먹겠습니다."

　　사무장이 피자 끈을 풀었다.

"푹 쉬다 오셨습니까?"

피자를 한 입 문 일범이 물었다.

"그럼, 쉐다곤 파고다도 보고 슐레 파고다도 보고 나이트마켓도 보고 달라에도 가고……."

"또요?"

이번에는 사무장이 바통을 이어받았다.

"그… 차이나타운도 가고……."

"일만 하셨죠?"

"예?"

"4박 6일인데 양곤 4박이라면 적어도 바고나 짜익티요 정도까지 갔어야죠. 방금 말한 코스는 하루에 다 도는 곳이잖아요?"

"사무장님이 양곤을 잘 알아요?"

"제가 세 번이나 다녀왔걸랑요. 보족 시장의 앤티크, 골동품 장식에 반해서요."

"……."

"교외 열차는 타보셨어요?"

"열차는 아니고… 그냥 야간 보트는……."

"이렇다니까. 교외 열차도 안 타고 무슨 양곤 타령이에요? 거기서 신원 조회 부탁할 때 알아봤어야 하는데……."

"그럼 우리 모두 공범이네요?"

다시 일범이 가세했다.

"아, 진짜… 왜들 이래요? 덕분에 못된 사기범에 마약 사범을 해치웠는데. 그냥 뒀으면 거기서 순박한 사람들 계속 등쳐먹으며 배 불렸을 거 아니에요?"

"마약은 제가 동부지검 양한승 검사에게 부탁을 했는데… 그래서 피자 사오신 겁니까? 그렇다면 좀 약한데… 저는 그 친구한테 술까지 샀거든요."

"흐음, 그럼 김영란법으로 투서해야겠는데?"

"어어, 그거 김영란법에 저촉되지 않습니다. 이건 사익을 위한 청탁이 아니라 공익을 위한 청탁이잖습니까? 범인을 잡기 위한……."

"농담이야. 피자로 안 되면 점심 쏘면 될까?"

"그 점심, 제가 쏘게 해주시면 용서해 드릴게요. 변호사님 거기서도 일하게 한 죄로."

마무리는 사무장이 나섰다.

"으음… 아무래도 사무장님 말 듣는 게 이로울 거 같지?"

창규가 미혜를 돌아보았다.

"그렇다에 한 표예요."

미혜가 웃었다.

"그럼 이리 오세요. 어차피 일하러 오신 거면 같이 머리 굴리셔야죠."

사무장이 창규를 끌었다. 회의실이었다.

"변호사님 없는 동안 권 변호사님이 소액청구사건 하나 하고 지하철 성추행 고소 건도 한 건 해결하셨어요."

"그랬어?"

창규가 일범을 돌아보았다.

"아이고, 해결이랄 것도 없습니다. 소장 만들어 디밀었더니 상대가 바로 합의에 들어오더라고요. 순전히 선배님 이름값 덕분에 꽁 먹은 건이었습니다. 개변 사무실이라고 우습게 안 모양인데 검색해 보니 그렇지 않아 꼬리를 내린 거죠."

"권 변 소장이 빈틈이 없으니까 그런 거지."

"서로 자화자찬 그만하시고요······."

듣고 있던 사무장이 서류를 내밀었다. 형사사건이 둘, 민사사건이 둘이었다. 형사사건은 살인사건이었다.

"이 건은 이쪽 대리인께서 오늘 오시기로······."

사무장이 형사사건을 내밀었다.

고등학교 2학년짜리 피의자였다. 서류에는 사건 보도 기사가 딸려 있었다. 기가 막힌 살인사건이었다. 남고생이 초등학교 1학년 여자아이를 끌고 가 빌딩 지하의 폐업 식당에서 잔혹하게 죽인 사건. 기사는 범인이 사이코패스냐, 해리성 장애냐, 아스퍼거 증후군이냐를 놓고 왔다 갔다 하고 있었다. 창규가 골몰할 때 회의실 문이 열렸다. 미혜였다.

"사무장님, 그분 오셨는데요?"

미혜의 말이 끝나기도 전에 사무장이 창규를 돌아보았다. 화제 속의 대리인이 온 모양이었다.

"일단 모셔보세요."

창규가 자세를 바로잡았다.

안으로 들어온 대리인은 명함부터 내놓았다. 무슨 의료법인 부이사장 직함이 눈에 들어왔다.

"처음 뵙겠습니다."

"예, 강창규입니다."

창규도 명함을 건네주었다.

"엊그제 전화를 드렸는데 마침 해외 출장 중이라고 해서요."

"예."

"저희 사건 검토 좀 해보셨습니까?"

"예… 지금 보고 있는 중이었습니다."

"맡아주시겠습니까?"

"……."

"사건 개요를 봐서 아시겠지만 한 학생의 인생이 걸린 일입니다. 다들 피해자 측에 포커스를 맞추고 잔혹 살인으로 몰고 가는데, 피의자는 정신이 온전하지 못한 학생입니다."

"……."

"물론 강 변호사님 혼자 하시라는 게 아닙니다. 여기 이 다섯 분이 힘을 보태게 될 겁니다."

대리인이 명함을 더 꺼내 놓았다. 부장판사 출신 변호사, 부장검사 출신 변호사, 지방검찰청장 출신 변호사까지 포함된 어마무시한 진용이었다.

"이분들만 해도 굉장하군요. 제가 보기에 저를 끼워봤자 별 도움이 못 될 것 같습니다."

"아닙니다. 이쪽 부모님께서 강 변호사님에게 가장 관심이 많더군요. 윤여도 회장 건이나 신보라 씨 이혼소송, 나아가 석계수 재심 건과 양학수 씨 소송까지 난도가 높은 소송에서 좋은 결과를 얻으셨습니다. 현재 가장 주목받는 분이시니 여기 포진한 분들 못지않게 대우를 해드릴 생각입니다."

"대우 때문이 아닙니다."

"이거면 될까요?"

창규 말이 끝나기도 전에 대리인이 수표를 꺼내 놓았다. 2억 짜리였다.

"부족하다면 제 재량으로 1억까지는 더 쏠 수 있습니다."

"죄송합니다. 그 돈이면 로펌 고문급 거물들도 선임할 수 있을 겁니다. 저는 중량 부족이니 시간 낭비 마시고 다른 쪽을… 사무장님, 손님 돌아가십니다."

창규가 문을 향해 말했다.

"강 변호사님!"

대리인이 얼굴이 흙빛으로 변했다.

"죄송합니다."

그 말을 끝으로 창규가 일어섰다.

"강 변호사님, 수임료가 적으면 말씀을……."

대리인이 하는 말은 듣지 않았다.

"허, 메뚜기도 한철이라는데 세상 물정 모르네. 얼마 전까지만 해도 별 볼 일 없던 주제에 2억짜리 수임을 차버리다니……."

대리인은 명함을 챙겨 들고 일어섰다.

"미안하지만 한철이 아닌 메뚜기도 많거든요. 모 예능 연예인 모르세요? 메뚜기 별명으로 십수 년을 롱런하고 있는데."

그냥 듣고 있을 사무장이 아니었다. 대리인은 싸한 눈빛을 남기고 사무실을 나갔다. 그 뒤로 사무장의 목소리가 이어졌다.

"미혜 씨, 소금 없어? 그거 이럴 때 뿌리는 거거든."

왕소금이 뿌려진 후에야 멤버들이 다시 회의실에 모였다.

"존경스럽습니다, 선배님."

일범이 싱글거렸다.

"또 왜?"

"무려 2억짜리 수임을… 게다가 혼자도 아니고 쟁쟁한 변호

사들하고 같이 가는 거니 잘못되어도 문제가 없을 일인데 고
사라니…….."

"사무장님이 정리한 거 보니까 피의자 쪽이 유전무죄 노리
는 거잖아? 이런데 가세해서 가해자 구제하면? 피해자인 꼬마
는?"

"그러니까 존경스럽다는 거죠. 선배님은 정의를 선택하신
겁니다."

"이미 비행기 타고 왔으니까 너무 띄우지 말라고."

"하핫, 옙!"

"이제 아까 하던 얘기나 계속해 봐요."

"물론이죠."

사무장은 기다렸다는 듯이 서류를 디밀었다. 첫 번째 서류
를 넘기고, 두 번째 수임 건에서 창규의 시선이 멈췄다.

―장례식장 시신교체사건.
―수임료 5백만 원 제의.

경기도 신도시 장례식장에서 일어난 사건. 돈보다 사건 자
체에 마음이 끌렸다. 대략 읽어보니 장례식장의 과실이 분명
했다. 문제는 변변한 사과도 하지 않았고, 더구나 두 번이나
시신이 뒤바뀌었다는 것도 모자라, 사자에게 입힌 고급 수의

와 관까지도 교체된 것 같다는 주장이었다.

"한 건은 이걸로 가죠."

창규가 결정을 내렸다. 그러자 사무장이 참고 있던 한마디를 쏟아놓았다.

"그것 봐요. 우리 변호사님 스타일은 이 건이라니까."

"아, 진짜 여기 사람들은 다 귀신이네요. 선배님도 그렇고 사무장님도 그렇고… 전 표절 전문 작가 건 찜할 줄 알았거든요."

창규가 없는 사이에 내기를 건 모양이다. 그렇기에 일범이 볼멘소리를 냈다.

"그럼 그건 권 변이 맡아서 한번 진행해 봐."

"진짜요?"

"그래. 권 변도 사실 애티커스 핀치급이잖아?"

"뭐, 그 정도는……."

"애티커스 핀치라면 그레고리 팩이 열연한 변호사 말인가요? 흑인 소년의 변론을 위해 목숨을 바칠 각오까지 된……."

"어, 사무장님도 아시네요?"

"법조계 밥 먹는데 그거 모르면 되겠어요? 이 자료는 변호사님 책상에 올려둘 테니까 식사부터 하러 가요. 최종 검토 끝내고 지시 내리면 소송 청구 하실 분 방문하시도록 할게요."

금강산도 식후경!

그 말이 딱이었다. 양곤에서 동서양을 대략 섞어놓은 음식으로 살았던 창규. 얼큰하고 칼칼한 메뉴가 땡기기 시작했다. 다 좋았지만, 양곤의 먹거리만큼은 태국이나 베트남에 미치지 못했던 것이다.

참치 정식.
파스타.
돼지불백.
설렁탕.
몇 가지 먹거리를 지나 사무장 발길이 멈춘 곳은 대구탕집이었다.
"어때요?"
사무장이 창규 의견을 물었다. 아무래도 창규의 입맛을 맞춰주려는 것이다.
"좋죠!"
창규가 먼저 들어섰다. 대구탕 맛이 칼칼한 집이었다. 원래는 생태탕을 전문으로 하던 집. 하지만 일본 원전 사태 이후로 메뉴를 틀었다. 생태가 일본에서 들어온다는 소문에 사람들 발길이 끊어졌던 것.
―대구탕.
―도루묵탕.

―조기탕.

이 집 메뉴는 세 가지였다. 셋 다 먹고 싶었지만 샤머니즘적 선택으로 조기탕을 뽑았다. 저 앞에 나온 이 똥, 저 똥, 말개똥을 써먹은 것이다.

조기탕.

모르는 사람은 잘 모른다. 국내산 참조기를 칼칼하게 끓이면 그 맛이 천하일품이다. 빨간 국물 속에서 하얀 살점을 드러내는 조기의 맛이란… 좋은 먹거리는 사람을 행복하게 만든다. 몸도 그렇고 마음도 그렇다. 몇 수저 들면서 이마에 땀이 송글거리기 시작했다. 양곤에서의 피로는 싹 날아가고 없었다.

개운해진 탓일까?

오후에 반가운 손님이 찾아왔다. 육경욱의 아내였던 장혜교였다.

"강 변호사님!"

"어, 관장님!"

창규가 반가이 그녀를 맞았다.

이혼의 아픔에 더해 마약중독까지 갔던 그녀. 근래의 집중 치료와 심리적인 안정 탓인지 얼굴이 많이 좋아져 있었다.

"요즘 강 변호사님 활약이 굉장하던데요?"

차를 받아 든 그녀가 웃었다.

"과찬이십니다. 관장님도 전보다 좋아 보이세요."

"화장 좀 제대로 했죠. 제 인생 은인을 찾아오는 길이라……."

"은인이라뇨? 당치도 않습니다."

"아니에요. 강 변호사님 아니었으면… 주치의 말이 조금만 더 마약중독이 진행되었으면 회복 불능이었을지도 모른다고 하더라고요."

"예……."

"정말 가깝고도 먼 게 부부 사이라더니……. 저도 잘한 건 없지만 다시 생각해도 끔찍해요."

"회장님은?"

"아빠도 건강 체크 받았어요. 육경욱 씨, 구치소에서 이리 저리 손을 쓰는 모양이던데 아빠가 다 막아버렸어요. 잘하면 20년쯤 살 거라고 하시더군요. 변호사 자격도 박탈시켜 버릴 거고……."

'20년…….'

"그리고 저도 이제… 여직원하고의 관계를 청산했어요."

"그래요?"

"어릴 때 당한 나쁜 기억. 이제 다 초월했어요. 영혼을 구제하는 건 타인과의 사랑이 아니라 자기 자신에 대한 신뢰인 것 같더라고요."

"다행이네요."

"그리고… 엊그제가 아빠 생신이셨어요. 거기서 강 변호사님 이야기가 나왔고요."

"저야 뭐 변호사로서 최선을 다한 것뿐이었는데요……."

"이거……."

장혜교가 비단으로 싼 상자를 꺼내 놓았다.

"뭐죠?"

창규가 묻자 그녀가 뭉치를 펼쳤다. 안에 든 것은 주전자꼴의 도자기였다.

"청자 죽순형 주자예요. 주전자라고도 부르고요."

그녀의 설명 속에서 청자 주전자가 우아한 빛을 발했다. 긴 세월을 머금은 청자의 빛깔은 정말이지 품격 높은 판타지 자체였다. 아쉬운 건 주전자 옆구리에 약간의 흠이 있다는 것.

"봄에 싹 트는 죽순을 형상화한 작품이에요. 주전자 입도 평범하지 않아 대나무 줄기를 휘어서 붙인 듯 유려하죠. 몸체의 잎맥도 가는 음각으로 아로새겨 단아한 느낌을 주지요."

"……."

"12~13세기 작품으로 보고 있는데 보시다시피 주전자 옆구리에 흠이 있어 제값을 받지는 못해요. 감정 가격으로 한 800만 원쯤 나가요."

800만 원.

그것도 적은 돈은 아니었다.

"그런데 이걸 왜?"

"실은 전부터 이것과 유사한 게 있다는 소문이 있어서 한 번 더 알아봤는데 수소문이 안 됐고… 강 변호사님이 고미술품에 관심이 있는 것 같아 선물 삼아 가져왔어요. 저기 백자 항아리 옆에 두면 어울릴 거예요."

"선물이라고요?"

"약소해요. 받아주지 않으면 더 비싼 걸 찾아와야 하니 흔쾌히 받아주시면 고맙겠어요."

"관장님……."

"다른 거 필요하거나, 전처럼 머리 식힐 일이 있으면 언제든지 미술관에 오세요. 이제부터 열린 미술관으로 운영할 거거든요."

"하지만 이 귀한 걸……."

"강 변호사님이잖아요. 저 지금 얼마나 편한지 몰라요. 몸도 마음도."

"……."

장혜교의 피부처럼 눈부신 자태를 가진 청자 주전자. 그걸 보니 아버지의 고미술 목록이 떠올랐다.

—고려시대 청자 죽순형 주자.

—고려시대 일월관음도.

―18세기 청화백자 수복강녕.

아버지가 꿈꾸던 고미술품들. 그걸 찾아 국가에 기증하고 싶어 하던 아버지. 그 미술품들은 어떻게 되었을까? 떡 본 김에 제사를 지낸다고 말 나온 김에 물어보기로 했다. 그녀는 고미술 전문가니까.

"저… 관장님."

"예?"

"혹시 이런 거 아시는지……"

창규가 아버지의 고미술 목록을 내밀었다.

"어머, 이걸 어떻게 아세요?"

목록을 받아 든 장혜교가 고개를 들었다.

"실은 선친께서 고미술품 수집상을 하셨습니다. 그때 아끼시던 목록인 것 같은데 제가 뭐 아는 게 있어야죠."

"강 변호사님 선친이 정말 고미술 수집을 하셨어요?"

"네."

"어머, 그러고 보니 저랑 인연이 있는 셈이네요."

"그렇죠."

"이거 다들 탐내는 물건들인데… 외국으로 흘러 나갔다는 소문도 있고 국내 알부자들이 소장하고 있다는 말도 있고……"

"그럼 혹시 손대웅이나 이강풍이라는 이름은?"

"글쎄요⋯⋯. 당장은 생각이 안 나는데요?"

"그렇군요."

"이 목록하고 함께 한번 알아봐 드려요?"

"시간이 되시면⋯⋯."

"알았어요. 그럼 저는 다음 스케줄 때문에 이만⋯⋯."

"관장님, 이 청자는⋯⋯."

잡을 사이도 없이 그녀가 나가 버렸다. 창규 앞에는 청자 주전자만 남았다. 흠이 있지만 보기 좋았다. 사람의 시선을 은은하게 잡아당긴다. 이래서 아버지도 고미술에 빠졌던 걸까?

잠시 아버지의 추억에 젖을 때 또 다른 손님이 찾아왔다. 창규가 선택한 의뢰, 장례식장 시신교체사건의 가족 대표자였다.

회의실에서 그를 만났다. 일범과 사무장도 동석을 했다.

"정말 기가 막혀서⋯⋯."

30대 후반의 남자는 한숨부터 쉬었다. 사건 개요는 이미 상담 일지로 확인한 창규. 의뢰인이 왔으니 한 번 더 말을 듣기로 했다. 사람의 기억은, 기분이나 날씨에 따라 조금 더 확장되거나 디테일해질 수도 있기 때문이었다.

대표자 이름은 나영준.

그가 소송을 결심한 건 복합적이었다. 첫 번째 팩트는 시신

교체였다. 두 번째는 장례식장 이사의 불손한 태도, 마지막은 황금 수의와 관에 대한 의혹이 영향을 끼쳤다.

"저는 고인의 넷째, 즉 막내아들입니다. 외국을 오가며 미술 수출입 사업을 하고 있어요."

나영준의 설명이 시작되었다.

"그날도 영국 바이어에게 보낼 차도르 여인상 200점을 마무리하고 있다가 비보를 받았어요. 부랴부랴 비행기 표를 구했지만 발인일인 새벽에야 도착하게 되었죠."

"……"

"마지막으로 아버지 얼굴을 보고 싶은데 입관이 끝났으니 형제들도 난감해하더라고요. 그래서 제가 혼자 입관실에 가서 직원을 졸랐습니다. 그쪽도 그 관은 자기가 손댈 수 없다고 곤란해하는 걸 봉투를 찔러주며 간청을 했죠. 그랬더니 마지못해 보여주더라고요."

"거기서 시신이 바뀐 걸 발견한 건가요?"

창규가 물었다.

"아닙니다. 그 시신은 저희 아버지가 맞았어요."

"그럼 그때까지는 문제가 없었군요?"

"저는 그런 줄만 알았죠."

나영준의 빗장뼈에서 깊은 날숨이 나왔다.

"그럼?"

"다른 문제가 있었던 겁니다."

"……."

"아버지를 보며 가슴이 울컥하는데 엉성한 수의가 눈에 들어오더라고요. 저승 가는 길에 사치를 부리자는 건 아니지만 형제들이 어느 정도 살거든요. 그런데 자식들을 그렇게 사랑하고 재산도 많이 물려준 분에게 이렇게 허접한 수의를 입혔나 싶어 속이 상했습니다."

"……."

"하지만 바로 발인인데 그런 거 말하기도 그렇고… 그런 차에 발인 직전에 관이 바뀌게 된 거죠."

"그건 대학생인 조카분이 발견했다고……."

"맞습니다. 우리는 경황이 없다 보니 장례식장 측에서 당연히 알아서 하려니 했어요. 그런데 조카가 관을 보더니 할아버지 이름이 아니라고 해요. 선친 이름은 나병설인데 그 관의 이름은 나병석이었거든요."

"……."

"직원이 처음에는 아니라고 하더니 우리가 찜찜해하니까 확인을 했어요. 그러더니 잘못 가져온 게 맞다고… 부랴부랴 다른 관을 가지고 왔어요. 그 관의 이름은 나병설이 맞았어요. 그런데 우리 조카가 또 그런 말을 해요. 관이 좀 이상하다고……."

"……."

"저희 집안이 대대로 눈썰미가 좀 있거든요. 조카도 현재 S대 미대에 재학 중이고……."

"여기 상담서에는 관 색깔이 좀 다른 거 같았다고 적시되어 있군요?"

"맞습니다. 하지만 장례식장 직원들은 그 관이 맞다며 서둘러 진행을 했어요. 그런데 조카 말을 듣고 보니 아무래도 찜찜해요. 그래서 확인을 요청했어요."

확인!

쉽지 않을 일이었다. 슬픔과 비애에 젖은 유족들. 그런 차에 입관을 끝낸 관을 열어 확인을 하자면… 유족의 가슴도 미어지고, 장례식장 직원들 또한 번거로움에 고개를 저을 일이다. 하지만 나영준이 집안에서 차지하는 비중이 좋았다. 덕분에 형제들도 반신반의하며 동의를 했다. 처음에 엉뚱한 관이 온 게 결정적이었다.

뚜껑이 열렸다.

좋은 일이 아니므로 얼굴만 나오게 열었다.

"……!"

모두가 뒤집어졌다. 고인이 아니었다. 거기 누워 있는 건 20살의 대학생이었다.

"죄송합니다. 동명이인이 있었나 봅니다."

직원은 허리를 숙이고 관 뚜껑을 덮었다. 뒤이어 세 번째 관이 나왔다.

"이번에는 틀림없습니다. 현재 저희 장례식장에 들어와 있는 고인들 명단인데 이름이 비슷한 사람이 있어 착오가……."

직원이 서류를 보여주었다. 고인 명단에 '나병설'과 '나병석'이 보였다. 그럼에도 조카는 고개를 갸웃거렸다. 이번에는 관 몸통이 조금 이상하다는 거였다. 하지만 너무 지체한 시간. 화장장 예약 시간 때문에 별수 없이 발인지로 향했다.

고인을 묻은 유족들, 다시 장례식장으로 돌아왔다. 이제 조금 정신 줄이 돌아왔기에 장례식장의 허술한 시신 관리에 대해 책임을 묻기로 한 것이다.

"시신이 바뀔 뻔했다고요?"

책임자로 나온 사람이 장례식장 이사였다. 100킬로그램이 넘는 거구의 그는 귀찮아 죽겠다는 표정이었다.

"이게 있을 수 있는 일입니까? 자칫하면 다른 사람 시신으로 장례를 치를 뻔했잖습니까?"

유족들이 입을 모았다.

"일을 하다 보면 실수도 있는 법이지… 어쨌든 장례는 잘 끝냈잖소?"

이사의 대꾸가 걸작이었다.

"이봐요. 지금 그런 말을… 유족들이 받은 정신적 고통과

스트레스는 안중에도 없습니까?"

"미안하게 됐수다. 됐수? 여보세요?"

이사의 응대는 그것으로 끝이었다. 대화 중에 전화를 받더니 10분도 넘게 통화하는 무성의까지 보였다.

"아, 진짜… 왜 하필 이런 데다 아버지를……."

감정이 폭발한 나영준이 형들을 몰아치기 시작했다. 거기서 수의 얘기가 나왔다.

"이런 허접한 곳에 아버지를 모신 것도 그렇지만 수의도 그게 뭡니까? 아버지에게 돈 몇 푼 쓰기가 그렇게 아까웠어요?"

"무슨 소리야? 우린 가장 비싼 황금 수의로 마련해 드렸어."

"황금 수의? 내가 보니까 제일 싼 중국산 같던데 무슨……."

"얌마, 너는 입관 때 있지도 않았던 게 뭘 알아?"

"내가 첫새벽에 직원들에게 부탁해서 관 열고 마지막으로 얼굴 봤다고요. 그런데 완전 허접한 수의였거든요."

"니가 피곤해서 잘못 봤겠지. 그 수의는 여기 둘째 형이 불알친구에게 부탁해서 최고 좋은 걸로 산 거야. 알아?"

"진짜야, 형?"

나영준의 시선이 둘째 형에게 향했다.

"그럼. 내가 그런 거 장난칠 사람이냐?"

"뭐야, 그러면……?"

나영준의 상상이 쭉 뻗어나갔다.

"수의 바꿔치기?"

"응?"

나영준의 말에 형제들이 일제히 반응을 했다.

"그럼 관도 바꿔치기했을 수 있어요."

조카가 가세를 했다.

"관은 얼마짜리 쓴 건데?"

나영준이 물었다.

"그것도 당연히 최고급 오동나무 관으로 썼지."

'그럼 관도 바꿔치기?'

조카의 기억에 의하면 관 뚜껑은 입관실에서 본 것과 같았다고 했다. 하지만 몸통은 아니었다. 뭔가 후줄근한 느낌에 더불어 높이도 조금 더 높아 보였다는 것.

"아, 이 자식들 이제 보니 노잣돈 빼면서 수의도 벗기고, 관 장난도 친 모양이네?"

그제야 형제들 생각이 한곳으로 모이기 시작했다. 입관 때 찔러준 노잣돈이 100만 원 이상. 자식들도 그랬지만 친척들에게도 인기가 좋았던 고인이라 노잣돈이 많이 꽂혔던 것. 하지만 꽁꽁 싸매고 사인까지 한 터라 그걸 다시 꺼내 싸구려로 갈아입히리라고는 상상도 못한 유족들이었다.

하긴 수의 바가지는 전직 대통령의 경우에도 있었다. 과거 어느 대통령의 수의는 200만 원짜리였다. 그런데 수의값으로 청구된 비용은 3,000여만 원. 장례준비위의 한 사람이 가격 제동을 걸자 장례업체 측에서 내놓은 해명이 걸작이었다.

"마지막 가시는 길인데 옷 한 벌에 인색해서야……."

결국 장례준비위는 청구된 가격을 다 지불했다는 후문이다.

하지만 노영준의 경우는 시신도, 관도, 수의도 화장장의 불길에 재가 되어버린 상황. 게다가 일말의 책임감도 없는 장례식장 측의 태도.

"이런 장례식장은 그냥 둘 수 없어. 이게 양아치지. 고인과 유족을 상대로 이따위 짓이라니……."

손해배상소송!

노영준의 결단이었다.

표면에 앞세운 쟁점은 위자료 쪽이었다.

시신 관리 부실과 교체로 인한 유족의 정신적 위자료 청구.

사안으로 보아 승소하더라도 위자료가 많이 나올 일은 아니었다. 그렇기에 노영준이 바라는 것도 하나였다. 돈보다 파렴치한 장례식장에 대한 사회적 경종. 그건 창규도 공감하는 가치였다.

하지만 운이 좋아 수의와 관 바꿔치기에 대한 사기가 입증된다면 3년 이상의 징역을 노려볼 수도 있었다. 특정경제범죄 가중처벌 등에 관한 법률 3조 1항 2호의 법조문이 근거였다.

일단 위자료를 산정했다. 고인의 직계 자식이 넷에, 손자 손녀가 여섯, 고인의 형제자매와 그 아들, 딸을 합쳐 다섯. 도합 15명에 대해 직계 각 2,000만 원, 형제자매 각 1,500만 원, 손자녀 각 1,000만 원의 피해액을 산정해 2억 원을 청구하는 소송이었다.

승소를 한다고 해도 2억은 무리. 창규도 알고 있었다. 하지만 이 또한 경종을 울리려는 의도가 담겨 있었다.

사무장은 상길을 데리고 바로 출장길에 나섰다. 서둘러 확보해야 할 서류가 있었다. 장례지도사들의 근무 일지와 입관 절차, 발인 시신 관리 일지 등에 관한 것. 소송이 제기되면 장례식장 쪽에서 불리한 자료를 은폐할 우려가 있기 때문이다.

하지만 문제가 생겼다. 두어 시간 후에 사무장이 문제의 핵심을 알려왔다.

─자료 확보에 실패했습니다.

"그래요?"

있을 수 있는 일이다. 사무장도 사람이기 때문이었다.

─문제가 약간 복잡한데요?

"무슨……?"

─CCTV 때문에 이쪽 경찰서 직원에게 선을 대보니 여기 장례식장이 실질 운영자가 유명한 주먹 출신이라고 합니다.

"주먹이라면 폭력배요?"

—예....... 그래서 이쪽 경찰서 직원들이 지원을 꺼리는군요. 좁은 지역이다 보니 안면 있는 사이라서 그러는 모양인데 그냥 실력 행사 할까요?

실력 행사는 직접 쳐들어가서 요령껏 자료를 확보하는 방법을 뜻했다.

"그럼 그 이사라는 사람도?"

—맞습니다. 그쪽 라인의 행동대장 격이라네요. 사안을 말했더니 그 비슷한 민원이 여러 번 있었는데 다들 재미를 못 봤다고 웬만하면 상대하지 말라는데요. 실질 소유자가 워낙 말종이라 소송에서 이겨도 돈 받기 힘들 거라고.......

"포기할까요? GG 선언?"

창규가 간단히 물었다.

—변호사님이 그럴 분은 아니잖아요?

"고맙네요. 인정해 주셔서."

—일단 문상객으로 가장해서 분위기 좀 살펴볼게요. 장례식장 직원들도 한번 건드려 보고요. 아, 이쪽 운영자 라인 계보까지는 뽑아야겠죠?

"할 수 있으시다면......"

—거기까지야 가능하지요. 끊을게요.

통화는 그렇게 끝냈다.

주먹이 운영하는 장례식장. 그럴 법도 했다. 그렇지 않고서야 시신이 바뀐 상황을 그렇게 넘어갈 리 없었다.

"문제가 생겼습니까?"

통화를 들은 일범이 물었다.

"아니, 해당 경찰서와 법원에 소 제기 좀 부탁해. 경찰에는 수의, 관 바꿔치기 사기, 법원에는 시신 교체로 인한 정신적 피해 보상으로 고소장 제출하고."

"당장요?"

"응, 이 일은 오래 생각하면 골치 아플 것 같아서. 속전속결!"

"그러죠."

일범이 소장을 집어 들었다.

사람.

생각이 많아지면 편한 길을 택하게 되어 있다. 꼴랑 500만 원짜리 수임. 사무장이 말한 대로 승소하더라도 돈을 주지 않고 버틸 가능성이 높은 피고. 이럴 때 직원들이 모두 나서서 말린다면 창규도 흔들릴 판이었다. 그래서 질러 버리는 것이다.

저녁 무렵 사무장이 돌아왔다. 소는 이미 제기된 후였다.

"이거 아무래도 똥 밟은 거 같은데요?"

상길이 먼저 혀를 내둘렀다.

"천천히 설명해 봐."

창규는 여유를 잃지 않았다.

"이미 비슷한 일들이 몇 번 있었더군요. 두어 달 전에도 관이 바뀐 적이 있었는데 유족들이 행패를 부리자 오히려 주먹으로 보이는 사람들을 동원해서 묵사발. 피차 소송으로 갔지만 쌍방 고소 건이라 상대방이 쌍방 취하를 하면서 끝났다더군요. 하지만 그게 장례식장 측에서 우격다짐으로 협박을 하는 통에 취하된 거라는 소문이……."

"또?"

"장례용품 사기 건도 있었던 모양인데……. 항의하는 유족들에게 합의금 몇 푼 주고 무마한 게 한두 번이 아닙니다."

"관할 시청의 입장은?"

"이게… 처음 장례식장 허가 때부터 말이 많았던 모양입니다. 여기가 원래 생산관리 지역이라 시 조례상 조문객용 음식물 허가가 안 나는 곳이었는데 장례식장 측에서 온갖 곳에 민원을 넣어 접객업 허가까지도 받아낸 터라 시청 공무원들도 혀를 내두르고 있더군요. 말로는 국토부 공무원을 협박해 유리한 유권해석을 받았다는 설도 있고……."

"악질이군."

"여기 형식상 바지 사장은 이찬인데 실질 운영자는 최종부라고, 퇴역 조폭인데 한때 서울 유흥가를 좌지우지하던 사람이랍니다."

"사무장님 판단은요?"

"실무 직원들을 제외하고 경영 라인은 전부 이사 이곽의 라인 같습니다. 그래봤자 총무부장 양상금과 기사가 전부긴 하지만요."

"사건 당일 장례지도사도 그쪽 라인인가요?"

"일단 측근으로 분류가 되더군요. 그래서 드리는 의견인데 이 소 제기는 별로 실익이 없을 것 같습니다. 소송보다는 시나 경찰에서 적극 관리가 필요한데 워낙 질이 안 좋은 사람들이다 보니……."

"소는 이미 제기했어요."

"예?"

"수임자와 계약했잖아요? 이제 와서 말을 수 없습니다… 라고 말하자는 건 아니죠?"

"뭐 그렇긴 하지만… 내부 CCTV도 시스템 자체를 교체하고 구 시스템은 파기했다더군요. 그것도 어제……."

"구린 구석이 있군요."

"그런 것 같기는 한데 시스템 교체야 외부에서 관여할 사안도 아니고……."

"법원과 경찰서에 소 제기 했으니 일단 반응이 오겠죠. 저쪽에서 변호인 지정하면 그쪽 답변서 보면서 대응을 결정해도 되고."

사기죄는 검찰로 올라가면 무죄 판결이 나기 어렵다. 따라서 법을 아는 사람들은 경찰 단계에서 대응한다. 이 단계에서 소가 취하되어야만 일이 커지지 않는 것이다. 사기죄의 핵심은 기망. 처음부터 속이려는 의도가 있었다는 걸 증명해야 할 숙제가 던져졌다.

창규가 확보한 증거는 의뢰인 측 둘째 형이 산 고급 수의의 구입 영수증과 더불어 조카가 본 상이한 관. 관 역시 장례식장에서 최고급 오동나무 관으로 구입했기에 상이하다는 건 교체 가능성이 충분한 일이었다. 문제는 고급 수의의 교체 증거와 더불어 발인 때 나간 관이 최초 구매한 관과 다르다는 증명.

기억이 아닌 물증이 필요했다.

그런데 CCTV는 통째로 교체.

물증을 어떻게 확보한담?

창규의 눈은 점점 골똘해져 갔다.

다음 날, 사무실의 창규는 몇 가지 서류를 검토하고 있었다. 그중에는 송규태와 리엔의 자료도 있었다. 혼귀왕들의 의뢰이니 결코 소홀할 수 없는 일. 미혜가 모은 사진만 해도 엄청나게 많았다.

송규태는 알뜰하게도 이방인 아내를 챙겼다. 거의 모든 행사에 커플로 나가 애정을 과시했다. 비행기로 다섯 시간 떨어진 나라 베트남. 그 나라에서 날아온 신부 리엔은 나이 차이가 많은 송 감독과 잘 어울려 보였다.

쓰읍!

쓴 물이 올라왔다. 破의 흔적만 놓고 보면 리엔의 볼이 더 거친 편. 하지만 그녀의 자취는 순박한 모습답게 깨끗했다. 그 흔한 학력 과장도 없었고, 결혼 경력은 물론 없었다. 눈에 띄는 건 이름. 리엔의 여권명은 아주 달랐다. 거기에 대한 설명은 사무장의 발품이 해결을 했다. 베트남 농어촌에서는 별명처럼 부르는 이름이 있다는 것. 즉, 하나의 예명으로 보면 될 일이었다.

'일단 백지로 시작.'

창규는 선입견을 갖지 않았다. 한윤기의 아내 나지수에게서 얻은 노하우 때문이었다. 어린 그녀가 20살 언저리에 사실혼 관계에 있었을 줄 짐작이나 했으랴? 그때 딸까지 출산했음을 상상이나 했으랴?

리엔의 사진을 볼 때 전화가 울렸다. 시신교체사건의 의뢰인 나영준이었다.

—변호사님?

그의 목소리는 조금 다급하게 들렸다.

"네, 말씀하세요."

—아, 이거 기가 막혀서……

"흥분하지 마시고 천천히… 무슨 일이죠?"

―지금 저희 집에 그 사람들이 와 있습니다.

"그 사람들이라면?"

―장례식장 깡패들 말입니다. 멋대로 쳐들어 와서 전복 한 박스 내놓으며 소를 취하해 달라는데 이건 부탁이 아니라 아예 협박입니다, 협박!

"……."

―어떡하죠? 거실을 차지하고 소를 취하할 때까지 돌아가지 않겠다고 으름장입니다.

"너무 자극하지 마시고 가능하면 사진을 좀 찍어두세요. 제가 금방 가겠습니다."

전화를 끊은 창규가 일어섰다.

"퇴근하시게요?"

서류 더미에 묻혀 있던 사무장이 물었다.

"예, 잠깐 의뢰인 좀 만나보고… 장례식장 건 뭐 나온 거 있나요?"

"발인 당일 장례식장 상주들 파악해서 주차장에 있던 차량 조회 중입니다. 그런데 이분들이 그날의 사고를 잘 모르고 계셔서… 아무래도 기자들에게 소스를 줘서 이슈화하는 게 좋을 거 같은데요?"

"작성해서 도병찬 기자님 메일로 보내세요. 연락은 내가 할

게요. 그럼 다들 퇴근하세요."

창규는 대략 인사를 남기고 복도로 나왔다.

탁!

문이 닫혔다. 다른 때보다 그 소리가 컸다.

'변호사님……'

사무장의 시선은 그 문에 꽂혀 떨어지지 않았다.

부웅!

차는 금세 속도가 붙었다. 나영준의 집은 사당동 방면. 그리 멀지는 않은 곳이었다. 가는 길에 도병찬에게 전화를 했다. 검토해 보고 입맛에 맞으면 다른 신문사 기자들에게도 뿌려주겠다는 약속을 받았다.

"변호사님!"

한참 후, 고층 아파트 단지 입구에서 나영준을 만났다.

"어떻게 됐습니까?"

"아직 있습니다. 아무래도 경찰 부르는 게 좋지 않을까요?"

"집에는 아무도 없나요?"

"집사람과 아들이 있습니다. 분위기가 좋지 않아 안방에 들어가 문 잠그고 있으라고 했습니다."

"일단 제가 그들을 만나보겠습니다. 그래야 나중에 재판으로 가더라도 말하기 좋고……"

"그럼 이리 오시죠."

나영준이 앞장을 섰다. 그의 아파트는 8층에 있었다.

"……!"

창규가 들어서자 세 남자가 고개를 들었다. 하나같이 핏발이 탱탱한 동공이었다.

"제가 이분 소송대리인입니다만."

창규가 신분을 밝혔다.

"오라, 이제 보니 돈 좀 만져보려고 별것도 아닌 일을 사기 운운하며 소송으로 부추긴 변호사 나리시구만?"

이사가 거들먹거리며 일어섰다. 생김새처럼 꽤나 천박한 몸짓이었다. 그러자 총무부장과 기사도 하늘 같은 이사를 따라 일어났다.

"고소인의 생각은 귀사의 입장과 다릅니다만……."

"미친 새끼, 야, 니가 봤어? 우리가 수의 바꾸고 관 바꾸는 거 봤냐고?"

이사가 고개를 디밀자 악취가 끼쳐왔다. 구취가 거의 테러 수준이었다.

"그거야 경찰이 판단할 일 아닙니까?"

"그러니까 증거 있냐고? 있냐고?"

"그럼 고소인이 없는 거 지어내겠습니까? 고소인이 마지막으로 보았을 때, 입관할 때 입혔던 최고급 수의가 아니라 값

싼 수의였습니다. 아울러 관도 뚜껑만 유족들이 선택한 것이고 몸통은 다른 관. 그러니 여기서 이럴 것이 아니라 귀사의 입장 표명을 준비해야 하는 거 아닌지요?"

"으아, 미치겠네. 야, 니가 변호사랍시고 터진 주둥이나 나불거리지 장례 문화를 알아? 자격증 있어? 수의라는 게 말이야 새것일 때는 비싸 보이지만 고인에게 입히다 보면 구겨지고 접혀서 달라 보이는 거야. 새 옷도 한번 입으면 후줄근해지는 거 몰라?"

"관은요?"

"관도 마찬가지야. 입관실 조명 아래서 보는 거하고 야외에서 보는 게 다르지. 나무라는 건 빛에 따라 다르게 보일 수도 있거든."

이사의 입담은 노련의 극치를 이루고 있었다. 즉, 많이 해 처먹은 솜씨였다.

"높이도 달랐다고 하는데 그건 어떻게 해명할 겁니까?"

"야, 니들이 재봤어? 유족이라는 게 잠 못 자고 피곤하니까 조금 다르게 볼 수도 있는 거지. 관 크기 생각할 정도로 쌩쌩한 정신이면 그게 유족이야?"

"자의적인 해석이 지나치다고 생각하지 않습니까?"

창규가 웃었다.

"웃어? 이런 쌍, 변호사 배때지는 철판 둘렀냐? 성실한 사업자 등이나 치려는 주제에 웃음이 나와?"

"지금 협박하는 겁니까?"

"무슨 협박? 감정 표현도 못해?"

"그렇게 당당한데 무엇 때문에 뇌물을 싸들고 고소인을 찾아온 겁니까?"

"이게 다 사업자로서 도의적인 책임을 느끼는 거잖아? 우리는 노 미스테이크, 하지만 저쪽은 기분 노 굿. 오케이, 우리가 양보, 대한민국 좋은 나라. 유 언더스탠?"

"당일 이의 제기 때는 왜 수용하지 못했죠?"

"바쁘잖아? 우리 장례식장이 얼마나 바쁜 줄 알아? 그럼 막 말로 우리가 저 친구 비위 맞추느라 바빠서 다른 유족들 발인 제대로 못하면 어쩔 건데? 그게 얼마나 이기적인 줄 알지?"

"그래서, 합의를 볼 생각이 있다는 겁니까?"

"합의라기보다 도의적 책임, 변호사가 말귀 못 알아듣네."

"일단 나가시죠. 제 의뢰인이 불안하게 생각하니……."

"불안? 당연하지. 멀쩡한 사람 뒤통수치고 있으니 불안하지 않겠어? 우리는 떳떳하거든. 아, 뭐 꿀리는 게 있어야 불안하지."

"그럼 오늘 이 건까지 명기해서 고소장에 덧붙일까요?"

"뭐야?"

"말조심하시죠. 지금 그 태도, 사과하러 온 자세는 아니거든요."

"허어, 그럼 석고대죄라도 하랴?"

코웃음을 내쏘는 이사를 향해 쌍식귀의 리딩을 시작했다. 어차피 증거 수집이 쉽지 않은 상황. 이사를 털어 역으로 추적하면 쉬울 수 있었다.

특수 강도 폭력에 살인미수로 별 아홉 개를 달고 있는 이 곽. 단기 1년 2개월부터 장기 8년 4개월짜리까지 다양하게 큰 집을 드나든 인간이다. 이런 인간은 뭘 먹고 살까? 위협은 하지만 당장 여기서 폭행을 가할 건 아닌 것 같기에 기본부터 출발했다.

[식용]

'응?'

부실했다.

오늘 점심도 건너뛰었고 아침밥도 기록에 없었다. 심지어는 어제 저녁밥도.

음용으로 건너갔다. 밥 대신 해치운 먹거리가 거기 있었다. 소주였다. 점심에 먹은 게 소주 한 병, 아침에도 한 병, 그리고 어제 저녁에는… 소주 대신 양주 세 병에 맥주 열두 병…….

푸헐!

밥 대신 술을 먹는 인간이었다. 그것도 주로 소주로. '소주'

폴더를 열어보니 공장 하나를 차리고도 남을 양이었다. 현재까지 먹어치운 소주가 1만 병도 넘었다.

가만……

그런데 어제는 소주가 아니라 양주?

어제 저녁 양주 파일에서 시선이 멈췄다. 밥 대신 소주를 먹는 인간이 별식을 먹었다면 별다른 인간을 만났다는 뜻이 될 수 있었다.

'체크!'

창규가 양주 파일을 열었다.

[저녁 21시 20분—장례식장에서 10분 거리의 룸싸롱—동석자 최종부]

'최종부?'

장례식장 실질 소유자로 꼽히는 인물이 나왔다.

"고소?"

육포에 양주를 씹던 최종부가 눈빛을 튕겨냈다.

"예, 회장님."

이곽은 깍듯하다. 거들먹거리는 자세는 어디에도 엿보이지 않았다.

"어떤 놈인지 간덩이도 크군."

"그러게 말입니다. 가서 확 모가지를 밟아버릴까요?"

"아서. 이미 변호사 선임해서 고소장을 접수했다며?"

"그까짓 거 모가지 비틀면서 취하하라고 하면 되죠. 한두 번 겪는 일입니까?"

"그 건과 연관이야?"

최종부의 목소리가 조심스레 변했다.

"예… 그것만 아니었으면 제가 확 밟아버렸죠."

"그러게 신경 쓰랬잖아?"

"죄송합니다. 김대윤 이 자식이 요즘 컨디션이 안 좋아 제정신으로 못 한다기에 애들 시켜 소주를 좀 먹여줬더니… 일 끝내고 잠들어 버리는 통에 다른 놈이 관을 내주다가……."

"장례지도사 하나 못 다뤄?"

"그래도 그놈만 한 놈이……."

"그 건 할 때는 수의 같은 거 건드리지 말랬잖아?"

"그게… 김대윤이 놈도 좀 챙기게 해야 군말이 없어서……."

"관은 또 뭐야?"

"그건……."

"이 이사가 먹었군?"

"아닙니다. 그게 애들이 고급 관을 이동시키다가 모서리를 찍히는 바람에 급히 대체를 하다 보니……."

"나를 속이려고?"

탕!

최종부가 테이블을 내려쳤다. 이곽은 찔끔하며 고개를 숙였다.

"이실직고해 봐."

"죄송합니다. 부득 고급 관의 개수를 맞추느라."

"화장장에서는?"

"거기서는 별문제 없이 넘어갔습니다."

"그럼 적당히 합의하고 끝내. 괜히 시끄러워져서 좋을 거 없으니."

최종부가 봉투를 던져놓았다.

"알겠습니다."

"대신 이번 배당과 회식비는 없어."

"예?"

"아직 저쪽에서 돈이 안 왔어. 유산 분배가 마무리되면 잔금 치러준다니 그때 거하게 마시자고."

"예……"

"다음 건 대기 중이니까 준비하고."

"이번에도 노인입니까?"

"그래. 노인네들. 살 만큼 살았으면 자식들에게 유산 넘기고 가면 되지 몸도 주체 못 하는 주제에 돈을 싸안고 있으면 어쩌자는 거야? 그러니까 자식들이 돈 들여 목숨 끊어달라는 거 아니야."

"그러게 말입니다."

최종부와 시선이 마주친 이곽의 미소가 느끼하게 변했다. 창규는 거기서 리딩을 멈췄다.

―돈 들여 목숨 끊어달라는 것!

은어일까?

실화일까?

뉘앙스가 좋지 않았다. 마른침을 넘기고 리딩을 이어갔다. 최종부는 이내 보이지 않았다. 대신 운전기사 길경식이 그 자리를 대신했다.

"회장님이 뭐라십니까?"

"젠장, 대충 달래라는군."

"아, 하필이면 김대윤 놈이 술에 떡이 되는 바람에……."

"시끄러워. 이번 관 맞춤을 어떻게 한 거야? 유족 놈들이 색깔과 높이를 문제 삼고 나왔잖아?"

"죄송합니다. 똑같이 맞추라고 했는데 재료가 여러 곳에서 오다 보니 그런 경우가 있다고… 다른 유족들은 그런 거 모르고 넘어갔는데……."

"나도 식겁을 했다 이 자식아. 그 관에 사람 둘 들은 거 들통나면 우리 다 이거야, 이거. 일 한두 번 해?"

이곽이 제 목을 긋는 시늉을 하는 사이, 창규의 시선이 무너져 내렸다.

　―그 관에 사람 둘.

　―사람 둘.

　오 마이 갓.

　창규가 물을 집어 들었다. 숨도 쉬지 않고 원샷을 했다.

　"헤이, 변호사 양반, 어디 아파?"

　물정모르는 이곽이 깐죽거리며 물었다. 대꾸도 없이 확인 리딩에 들어갔다. 최종부가 나가고 운전기사가 들어오는 장면부터였다. 이곽이 그와 대화를 이어간다.

　―이번 관 작업을 어떻게 한 거야?

　―유족 놈들이… 문제를 삼고…….

　―그 관에 사람 둘 들은 거 들통나면…….

　―일 한두 번 해…….

　거기서 창규가 휘청 벽에 기대고 말았다.

2. 관 속의 이중 시신(屍身)

"변호사님!"

나영준이 부축을 하며 물었다.

"뭐야? 우린 손도 안 댔는데 자해 공갈?"

이곽이 코웃음을 쳤다.

"당신들……."

창규가 입술을 깨물고 이곽을 바라보았다.

"왜? 고소 취하 하실래?"

"가서 진짜 오너 데려와서 유족들께 사과해. 그럼 고려해 볼 테니."

"아냐, 오너가 우리 형님이라고. 브라더. 그러니까 나랑 얘기해도 된다고."

"당신 형은 바지잖아? 세상이 다 아는데 무슨 헛소리야."

"오케이, 대신 당신 헛소리하면 변호사고 나발이고 재미없어."

"나도 오케이."

"양부장, 일단 가자."

이곽이 수하들을 데리고 돌아섰다.

"변호사님……."

이곽이 나가자 나영준이 걱정스레 물었다.

"걱정 마십시오, 합의를 보려는 게 아니니까요."

"그럼……?"

"나 사장님."

"예?"

"이 사건, 단순한 위자료 배상으로 끝나지 않을 것 같지 않습니다. 마음 단단히 먹으세요."

"변호사님……."

"이 인간들, 우리 생각보다 훨씬 더 악랄한 정체를 숨기고 있습니다. 그걸 벗겨 법의 심판대에 올려야겠습니다."

"변호사님……."

"인터넷 확인해 보세요. 관련 기사 나올지 모릅니다."

창규의 말에 따라 나영준이 검색을 했다. 몇 번 화면을 밀던 나영준의 시선이 한곳에서 멈췄다.

"나왔습니다. 장례식장에서 시신이 뒤바뀌다."

나영준이 화면을 보여주었다. 도병찬 기자의 1보였다. 그 아래로 청아일보와 소선일보의 관련 기사도 보였다. 도병찬이 동원한 인맥이었다. 물론, 기사 자체도 이슈가 될 만했다.

ㅡ저런 싸가지 없는 쉐리들.

ㅡ수상하다. 시체 바꿔서 장기 팔아먹는 거 아닐까?

ㅡ비싼 수의하고 관 빼돌리는 수작이구만.

ㅡ유족 가슴을 후벼 파다니, 저런 놈들은 눈깔을 후벼 파고 저 부모들 묘지도 후벼 파야……

ㅡ그 장례식장 어디냐? 신상 좀 털어보자.

댓글이 찬란했다.

마치 정답을 본 듯한 댓글도 보였다.

"물 좀 더 주시죠. 그리고……"

컵을 내밀며 창규가 뒷말을 이었다.

"가족들은 잠시 다른 곳으로 보내십시오. 저들이 머잖아 다시 올 겁니다."

"경찰은?"

"저한테 맡겨주시고요."

창규의 시선은 창밖에 꽂혔다. 조금 전까지만 해도 지진이 일던 창규의 눈. 그러나 지금 그의 눈은 강철처럼 단단하게 변해 있었다. 호랑이 굴로 들어가는 명포수의 그것에 다르지 않았다.

*   *   *

다행히 사무장이 한 건을 건졌다. 발인 날, 영안 차 근처에 있던 차에서 블랙박스를 찾아낸 것이다. 화질도 Good이고 각도도 Good이었다. 나영준에게 부탁해 컴퓨터의 프린터를 잠시 빌렸다.

지잉지잉!

"……!"

사진이 나오자 나영준의 눈이 휘둥그레졌다. 스크린샷이 제대로였다. 조카가 찍어둔 입관 장면과 비교를 했다. 확실하게 차이가 났다. 최고급 오동나무는 뚜껑뿐이었다. 즉, 뚜껑은 진품을 쓰고 유족들이 큰 신경 쓰지 않는 몸통은 싸구려로 대처한 수법이었다.

"우리 사무장이 전문가에게 확인을 끝냈답니다. 영안 차에 실린 이 관의 몸통은 최저가 관이 확실하다는군요. 일단 감정서 받아 왔고 필요하면 법정 증언도 해주겠다고 했습니다."

"죽일 놈들⋯⋯."

나영준이 치를 떨었다.

"잠깐만 계십시오. 저는 장례식장에 가서 몇 가지 더 확인할 것이⋯⋯."

인사를 하고 밖으로 나왔다. 실질 오너 최종부가 올 것이다. 어차피 그와 벌일 담판이었다. 하지만 그는 왕서방이지 곰이 아니다. 증거를 확보하려면 곰을 들여다봐야 했다. 웅담이 있는지 없는지.

창규가 원하는 건 장례지도사 김대윤이었다. 입관에 장난을 쳤다면 그가 분명했다. 하지만 CCTV 시스템 자체가 통째로 바뀐 판. 증거를 찾아내기란 쉽지 않은 게임이었다.

"⋯⋯!"

골똘하던 마음에 긴장이 들어왔다. 시야에 김대윤이 보인 것이다. 그 뒤로 양상금이 따라붙었다. 양상금은 뭐라 뭐라 다짐을 놓고 있다. 김대윤은 알았다는 듯 고개를 끄덕인다. 김대윤은 굳은 표정으로 차 키를 꽂았다. 구식 키였다.

"⋯⋯?"

문이 반응하지 않자 짜증을 보이는 김대윤. 그래도 문은 열리지 않았다. 창규의 만행(?)이었다. 열쇠 구멍에 나무조각을 쑤셔 넣어둔 것. 언젠가 골목길 정차를 했을 때 당했던 걸 써먹은 것이다.

'죄 없는 시신 바꿔서 자기 관에 못 들어가는 판에 키 좀 안 맞기로 대수야?'

낑낑거리는 김대윤을 겨누며 쌍식귀 리딩을 시작했다.

[나병설 시신 입관 전날]
[나병설 시신 입관 직후]

두 가지 검색어를 중심으로 먹거리를 추격했다.

[소주]
[족발]

"……!"

거기서 창규의 피가 거꾸로 솟구쳤다.

'걸렸어.'

자신도 모르게 주먹을 그러쥐는 창규. 먹거리가 보여준 정보는 최신 화질을 보는 듯 생생했다.

디로롱롱.

그사이에 핸드폰이 울렸다. 나영준이었다.

─장례식장 실질 운영자라는 사람이 왔습니다!

그길로 나영준의 아파트로 달렸다. 거실에 최종부와 이곽이 있었다. 이곽이 봉투를 꺼내 놓았다. 500만 원이 들어 있었다.

"유감스럽게 됐수다. 장례식장이라는 게 워낙 혼을 빼는 곳이다 보니……."

최종부 옆에서 이곽이 말했다. 어울리지 않게 정중한 목소리였다.

"위자료입니까?"

창규가 나영준을 대신해 물었다.

"위자료라기보다 우리 측 성의로 아쇼. 어차피 지나간 일 아닙니까? 우리도 좀 먹고 삽시다."

"일단 접수하죠."

"변호사님!"

창규가 수락하자 나영준이 펄쩍 뛰었다. 창규는 아랑곳없이 남은 말을 이어놓았다.

"대신 이쪽 유족들의 협의가 필요합니다. 이 돈은 제가 임시로 맡아둘 테니 3일 후에 다시 와주시면……."

창규가 봉투를 챙겼다. 나영준의 시선이 따가웠지만 의식하지 않았다.

"하긴 이 양반이 막내였으니… 알았수다. 그때는 나 혼자 와도 되겠죠?"

이곽은 경계심을 풀었다. 돈 봉투를 주었으니 게임 끝났다고 생각하는 눈치였다.

"물론입니다."

"가시죠, 회장님!"

　이곽은 최종부를 '모시고' 일어섰다. 최종부는 무게만 잡고 있을 뿐 단 한 마디도 하지 않았다.

"변호사님!"

　둘이 사라지자 나영준이 소리를 높였다.

"갑자기 뭡니까? 저랑 상의 없이 500만 원을 받는다? 못 할 말이지만, 수임료나 챙기겠다는 겁니까?"

"그럴 리가요?"

"그런데 왜 갑자기 돌변한 겁니까? 자신이 없는 겁니까? 아니면 나 몰래 저들과 미리 만나 작당이라도 한 겁니까?"

"말씀드렸잖습니까? 이 사건, 간단하지 않을 것 같다고."

"그렇게 어려울 건 또 뭡니까? 시신이 바뀐 것에 대한 위자료와 함께 관하고 수의 바꿔치기한 사기죄만 물으면 되는 거 아닙니까? 관에 대한 증거는 이미 확보된 상태고……."

"더 큰 게 있습니다."

"더 큰 거?"

"사장님, 처음부터 돈을 원하는 건 아니었지 않습니까?"

"당연하죠, 저런 인간들에게 맛을 보여주자는 거지 솔직히 돈은 한 푼도 못 받아도 상관없습니다."

"맛이라는 게… 기왕이면 감옥에서 몇 년 썩으면 더 좋겠죠?"

"마음 같아서는 그렇습니다."

"관 바꿔치기와 수의 바꿔치기를 입증하고……. 그동안 저들이 얻은 이익이 5억 이상 50억 미만이면 3년 형은 안겨줄 수 있습니다."

"3년?"

"하지만 더 긴 처벌을 안겨줄 단서가 나올 수도 있을 것 같습니다. 그러니 저를 믿고 이틀만 기다려 주십시오."

"이봐요."

"딱 이틀입니다. 그러면 사장님 작은 형님이 마련했다는 황금 수의를 찾아드리고 속이 후련해질 증거도 찾아드리겠습니다. 이 돈은 그때까지만 제가 맡아두겠습니다!"

"아버지께 입혔던 황금 수의를요?"

"예!"

창규 목소리는 단호했다. 창규의 신념에 눌린 나영준은 뭐라 대꾸하지 못했다.

*   *   *

이틀.

창규에게도 나영준에게도 긴 시간이었다. 그사이에 사무장도 바빴다. 그녀는 두 개의 블랙박스를 더 확보했다. 나영준 선친 발인일 아침의 영상이었다. 장례식장이란 차량 왕래가 빈번한 곳. 그 시간에 들어온 물품 차량이 있었다. 그 차량과 함께 신규 유족의 차량에서 각도가 다른 화면을 확보한 것.

세 개의 영상을 조합하니 더 분명한 그림이 나왔다. 그 몸통은 장례식장에서 권한 최고급 관과는 다른 게 확실했다. 장례식장의 샘플용 관과 비교하니 최저가였다. 무려 수백만 원을 꿀꺽한 셈이었다.

이른 새벽, 창규는 장례식장에 도착했다. 어제 저녁에 이어 다시 찾아온 발걸음이었다. 어제는 김대윤을 보았다. 저녁 늦게 퇴근하는 그를 한 번 더 리딩했던 것. 필히 확인해야 할 일이 있었던 것이다.

"변호사님."

"선배님."

오래지 않아 상길과 일범이 합류했다. 창규는 시계를 보았다. 아직도 올 팀이 두 팀이나 남았다. 잠시 후에 도착한 건 나영준이었다. 그는 조카와 작은 형을 대동하고 있었다.

"여기서 답이 나온다고요?"

나영준이 물었다.

"예. 그보다 작은 형님……."

창규의 시선이 나영준의 작은 형에게 옮겨갔다.

"황금 수의 특징 알아오셨죠?"

"예. 그 수의에 일련번호가 있다고 하더군요."

"영수증도 찾으셨습니까?"

"그쪽에서 재발행을 받았습니다. 일련번호도 찍혔습니다."

작은 형이 영수증을 내밀었다. 무려 980만 원짜리 수의였다.

"이쪽에서 연락이 온 겁니까? 대체 사건이 어떻게 돌아가고 있는 건지……."

나영준이 창규를 바라보았다.

"조금만 기다리시면……."

창규의 시선은 도로 쪽에 있었다. 기다리던 차량이 보이기 시작했다. 차에서 내린 사람은 행복경찰서 이준모 강력 팀장이었다. 그는 형사 셋을 대동하고 있었다.

"강 변호사님!"

그가 손을 내밀었다.

"와주셔서 고맙습니다."

"아닙니다. 워낙 허튼소리를 하지 않는 분이시니……."

"영장은 없죠?"

"예… 일단 임기응변으로 해보겠습니다. 잘못되면 징계 하나 먹으면 되고 잘되면 긴급 체포 하고 사후 영장 청구 하면 됩니다."

"부담을 드려 죄송합니다."

"아닙니다. 지난번 전소 살인 건으로 표창 많이 받았으니 잘못되어 봤자 상쇄가 될 뿐이죠."

"그렇게 생각해 주시니……."

"그런데… 솔직히 조금 걱정스럽기는 합니다. 전소 살인도 그렇지만 이 또한 믿기지 않는 일이라……."

"저도 마찬가지입니다."

"이분들이 그 수의와 관 때문에 고소를 하신?"

이 팀장이 나영준 일가를 바라보았다.

"예, 다른 건 몰라도 아버님을 위해 마련한 수의는 찾으셔야 할 것 같아서요."

"변호사님!"

거기서 나영준이 대화를 타고 들어왔다.

"예."

"어떻게 되고 있는 겁니까? 이분들은 경찰 같은데……."

"조금만 기다리십시오. 이제 나 사장님이 원하는 대로 여기 관계자들에게 철퇴가 내려지게 될 겁니다."

그때 주차장 끝의 운구차가 움직이기 시작했다.

"시작이군요."

운구차를 바라보는 창규의 시선이 빛을 내기 시작했다. 오래지 않아 운구행렬이 나왔다. 좌우로 네 명씩 모두 여덟 명이었다.

　　"저 관인가요?"

　　이 팀장이 물었다.

　　"예."

　　지숭희.

　　운구차에서 고인 이름을 확인한 창규가 대답했다.

　　"가지."

　　이 팀장이 형사대를 이끌고 나섰다. 창규의 목으로도 마른 침이 넘어갔다.

　　창규.

　　어제 리딩한 장례지도사 김대윤의 기억을 떠올렸다.

　　지숭희.

　　김대윤이 작업한 고인의 이름이었다.

　　우욱!

　　쓴 물이 넘어오는 목을 간신히 눌렀다. 그사이에 형사들은 고인의 상주를 만나고 있었다.

　　"예?"

상주의 눈이 휘둥그레졌다.

"관을 열어보자고요?"

"예. 범죄 제보가 있습니다."

이 팀장이 대답했다.

"당신 뭐야?"

옆에 있던 상주 하나가 이 팀장을 밀치고 나섰다.

"경찰입니다만……."

이 팀장이 신분증을 꺼내 보였다.

"경찰이면 경찰이지 지금 뭐 하자는 거야? 당신 눈에는 이게 뭔지 안 보여? 이거 관이라고, 관!"

상주들이 핏대를 올리기 시작했다.

"알고 있습니다. 그러니 딱 한 번만!"

"닥쳐. 이 새끼들 정신이 있는 거야 없는 거야? 남은 어머니 돌아가셔서 미치겠구만 뭐? 가는 길에 관을 열어?"

"상주님."

"이유가 뭐야?"

"안에 강력사건의 증거가……."

"강력사건?"

"예."

"우리 어머니 관 안에?"

"예."

"꺼져. 이 씨발 놈들아. 무슨 개헛소리야? 내 목에 칼이 들어와도 그 짓은 못하니까 꺼지라고."

홍분한 상주가 어깨로 이 팀장을 들이박았다. 소란을 듣고 장례식장 직원이 뛰어나왔다. 신참 장례지도사였다.

"이거 너무하는 거 아닙니까? 뭔지는 모르지만 발인을 막고 관 뚜껑을 열라뇨?"

장례지도사가 항의를 했다.

"맞아. 이것들 대한민국 경찰 맞아? 내 살다 살다 이런 경우는 처음이네. 길 안 비켜?"

상주들도 기세를 올렸다. 그러자 주변 구경꾼들까지 가세해 형사들을 비난하기 시작했다.

"이봐요, 당신들 영장은 있어?"

"경찰들, 돈 봉투 생각나서 왔나?"

"견찰들 하는 짓 하고는……."

모욕이 질펀하게 섞여 날아왔다.

그사이에 장례지도사가 전화를 걸었다. 이번에는 양상금이 뛰어나왔다.

"아니, 대체 무슨 일입니까? 왜 운구차를 막아서서……."

난감한 이 팀장이 창규를 바라보았다. 공이 창규에게 넘어온 것이다.

"죄송합니다만……."

창규가 상주들 앞으로 나섰다.

"이건 또 뭐야?"

"변호사입니다. 여기 강력 팀장님 말씀대로 상주님 어머니 관 안에는 다른 시신이 함께 들어 있습니다. 설마 낯선 사람과 함께 화장하는 걸 원하는 건 아니겠죠?"

"뭐야? 다른 시신?"

"이봐, 당신 무슨 근거로 헛소리야?"

듣고 있던 양상금이 상주를 제치고 나섰다.

"관을 열면 알 수 있을 일입니다."

"으아, 이 인간 허튼 소송을 걸더니 완전히 맛탱이가 갔구만. 당신 돌았어? 왜 남의 영업을 방해하고 난리야? 게다가 고인 가시는 길에 이게 무슨 생억지야?"

"부탁합니다. 뚜껑을 한 번만⋯⋯."

창규가 상주에게 고개를 숙였다.

"됐고, 저리 꺼져. 당신 같으면 운구차 나갈 때 관 뚜껑 열겠어? 부정 타서 우리 어머니 좋은 데 못 가게 훼방 놓는 거냐고?"

상주가 창규의 가슴팍을 밀었다.

"이봐요!"

일범이 나섰지만 창규가 그를 말렸다.

"딱 한 번이면 됩니다. 보도를 보셔서 아시겠지만 이 장례식장은 문제가 있습니다. 그중에서 가장 큰 문제를 발견했으니 딱 한 번만 협조를 해주시기 바랍니다."

창규가 상주에게 청했다.

"좋아. 그럼 증거를 내놔봐. 이 안에 우리 어머니 말고 다른 사람이 들었다는 증거. 아니면 찌그러지시고!"

"......!"

상주의 다그침에 창규가 흠칫 물러섰다.

증거!

들이대지 못하면 바로 나갈 운구차. 화장장에 가서 태워 버리면 말끔하게 사라질 증거. 창규가 검사라면 모를까 범죄 사실을 입증하지 못하는 한 유골의 유전자 검사를 하는 것도 불가능한 일.

난감해하는 사이에 상주가 창규를 밀었다. 흠칫 물러서던 창규 눈에 차량 하나가 들어왔다. 누가 타고 왔는지 모르지만 다이어트 광고가 붙은 차량이었다. 그 뒤쪽 입구로 대형 저울이 보였다. 순간 꺼져가던 창규 머리에 불이 켜졌다.

"증거가 있습니다."

창규가 소리쳤다. 상주와 양상금 등이 돌아보았다.

"무게입니다."

"무게?"

상주가 고개를 들었다.

"이 관의 무게가 몇 킬로그램입니까?"

창규의 눈이 장례지도사를 향했다.

"약 40킬로그램……."

"고인께서는 대략 몸무게가 얼마나 되죠?"

이번에는 상주를 바라보는 창규.

"그야… 한 45에서 50킬로그램?"

"그럼 수의까지 합쳐도 90킬로 미만이어야 하는군요?"

"……."

"죄송하지만 저 저울 위에 관을 잠시 놓아주시겠습니까? 만약 100킬로그램이 나가지 않는다면 어떤 손해배상도 달게 받아들이겠습니다."

창규가 대형 저울을 가리켰다. 눈치 빠른 상길이 달려가 저울판을 말쑥이 닦았다.

"이봐, 당신 미쳤어? 이게 무슨 해괴한 짓이냐고? 고인이 노하면 관이 벌떡 일어나는 거 몰라?"

영업부장이 길길이 날뛰었다. 창규는 주저하는 상주들을 향해 고개를 숙이며 간청을 했다.

"부탁합니다. 중대한 범죄와 관련된 일입니다."

"아, 진짜… 시간 없는데… 그럼 딱 한 번만 올릴 테니 더는 헛소리 마시오."

상주의 결단이 떨어졌다.

"안 됩니다. 이게 무슨 짓입니까? 고인의 무게를 재다뇨? 벌 받을 일입니다!"

양상금이 막아섰다. 그건 형사들이 해결했다. 양상금은 악을 썼지만 형사들까지 어쩌지는 못했다.

"변호사님……."

긴장의 순간, 상길이 창규를 바라보았다. 창규의 시선은 흔들림이 없었다.

하나의 관 안에 두 시신.

믿기지 않는, 믿을 수도 없는 일.

그러나 쌍식귀… 그 리딩으로 확인한 일이었다. 그렇기에 창규는 스스로를 믿었다.

여덟 운구자들이 보조를 맞춰 관을 올려놓았다. 120킬로그램까지 잴 수 있는 저울. 관을 놓기 무섭게 한 바퀴가 훌쩍 돌아가고 말았다.

"뭐야?"

한 번 더 반복되었다. 그래도 결과는 바뀌지 않았다. 상주 하나가 저울 위에 올라갔다. 그의 몸무게는 76KG. 저울은 정확했다.

"이 안에 다른 시신이 들었습니다. 그러니 부디 열어서 확인하게 해주시길……."

창규가 상주들을 바라보았다. 상주들이 주저하는 사이에

방금 저울에 올라간 상주가 결단을 내려주었다.

"좋아요. 당신 말 들으니 일리는 있는데 만약 열어서 별문제가 없다면 모든 책임을 당신이 지시오. 이 많은 사람 앞에서 약속하겠소?"

"약속드립니다."

창규의 약속은 어린 상주에 의해 동영상으로 찍혔다. 결국 장례지도사가 관 앞에 서게 되었다. 그는 차분하게 관을 열었다. 관 안에는 고인뿐이었다.

"어허, 이렇다니까!"

뒷줄에 있던 양상금이 보란 듯이 소리쳤다. 상주들의 인상도 다 일그러질 무렵, 창규가 나서서 삼베 조각을 들췄다.

"으악!"

보고 있던 구경꾼들이 비명을 지르며 물러났다. 그 아래 드러난 난 흰 다리였다. 장례지도사도 놀란 건지 그 자리에 주저앉고 말았다. 이 팀장이 다가와 보공으로 끼워 넣은 삼베를 뽑아냈다. 그러자 여기저기서 토악질 소리가 울려 퍼졌다. 시신은 2층이었다. 고인 아래 나란히 누운 또 하나의 시신. 그 또한 고인처럼 마른 노인의 사체였다.

"젠장!"

사태가 그쯤 되자 양상금이 튀었다. 하지만 멀리가지 못했다. 형사 한 명이 덮친 것이다.

"지원 요청, 장례식장, 사체 발견, 지원 요청, 지원 요청!"

이 팀장이 숨 가쁘게 연락망을 가동했다. 3분도 되지 않아 순찰차 두 대가 도착했다.

"변호사님……."

하얗게 질린 나영준이 창규에게 다가왔다.

"이게 변호사님이 언질 주셨던?"

"믿어주셔서 고맙습니다."

"허어."

"이 사람들은 수의나 관만 장난을 친 게 아니라 사체까지 장난질을 하고 있었습니다."

"세상에… 그럼 우리 아버님 시신도 다른 사람의 것과 함께?"

"일단은 선친의 황금 수의부터 찾으러 가시죠."

즉답을 피했다. 창규는 알고 있지만 이미 증거가 사라진 일. 그 짐은 경찰의 수사에 넘겨도 될 것 같았다.

"황금 수의……?"

"팀장님, 좀 도와주시겠습니까?"

창규가 이 팀장을 불렀다.

"여기 여세요."

장례지도사 사무실에 들어선 창규가 신참 장례지도사에게 말했다.

"그건 김 선생님 사물함인데……."

"알아요. 그러니까 여세요."

"예……."

신참은 마지못해 열쇠를 찾아들었다. 그걸 열자 안에서 여섯 벌의 수의가 나왔다. 모두 최고급 수의였다.

"어느 거죠?"

창규가 나영준의 작은 형을 바라보았다.

"이겁니다. 영수증의 일련번호하고 같잖아요?"

작은 형이 한 수의를 집어 들었다. 고인에게 입혔던 걸 벗겨 개어놓은 수의. 하지만 소매 깃에 달린 제작사의 로그와 일련번호는 그대로였던 것이다.

"당신도 공범이지?"

이 팀장이 신참에게 물었다.

"아, 아닙니다. 저는 그저 시키는 것만……."

"이 친구도 압송하고, 여기 관계자들 전부 검거해. 실질 경영자 최종부까지!"

이 팀장의 명령이 추상처럼 떨어졌다.

"고맙습니다, 고맙습니다!"

나영준과 가족들은 창규를 향해 고개를 숙였다.

"아닙니다. 사실 나 사장님 고소 건부터 먼저 해결하고 싶었는데 워낙 사건이 커서… 이해해 주시겠습니까?"

"그럼요. 황금 수의도 찾았고… 이것들 다 콩밥 먹이게 생겼는데 이보다 더 큰 승소가 어디 있겠습니까? 진짜 대단하십니다."

"고맙습니다."

"이제 이 돈 받으시죠. 엊그제 이쪽 사람들이 주고 간 500만 원입니다."

"이 돈……."

"사실 그날 드려도 받지 않으실 것 같았고… 저 친구들 전부 살인이나 사체 유기 건으로 엮였으니 민사를 따로 진행해도 시간만 걸릴 테고… 적으나 위자료 미리 받은 것으로 생각하시면……."

"세상에… 그래서 이 돈을 미리 받으신 거로군요?"

"더 많이 받아 드리지 못해 죄송합니다."

"아닙니다. 진짜 감동입니다. 사기꾼 범죄자들에게 엿도 먹이고 황금 수의에 위자료까지 챙겨주시니……."

"선생님의 용기 덕분이죠. 소송… 그거 아무나 못 하는 거거든요."

"저야 사실 괜한 오기로……."

"저는 이만… 저기 강력 팀장님과 나눌 말이 있어서요."

창규는 정중한 인사를 남기고 돌아섰다. 나영준 가족은 창규가 보이지 않을 때까지 굽힌 허리를 세우지 않았다. 막혔던 체증이 뻥 뚫리는 순간이었다.

창규.

김대윤의 리딩에서 얻은 게 이 정보였다. CCTV 시스템이
바뀌어 버린 마당. 관을 바꿔치기한 증거는 댈 수 있지만 이곽
과 최종부의 대화에서 얻은 의문점은 증명하기 어려웠다. 그
단초가 나온 게 양상금과 김대윤의 술자리였다.

"캬아!"

먹거리 파일 리딩은 김대윤의 목 넘김으로 시작되었다. 착
한 매개체는 '소주'와 '족발'이었다.

"오늘요?"

족발을 씹던 김대윤이 양상금을 바라보았다. 작은 족발전
문점의 내실이었다.

"나병설이라고… 체구 작은 노인이 하나 들어왔어. 작업하
기 딱이잖아?"

양상금이 말했다.

"물건은요?"

"이따가 냉동실 22번에 넣어둘게."

"아, 언제는 한 번이면 된다고 하시더니……."

"자!"

양상금이 돈 봉투를 던져놓았다. 안에 든 건 500만 원이었다.

"또 꼴랑 500… 이거 한번 하면 꿈자리 얼마나 뒤숭숭한지 아세요?"

"야, 어차피 무연고자야. 돈 많은 놈들 저승 가는 데 무임승차 좀 하면 어때서 그래?"

"그러니까 무연고자를 왜 이런 식으로 처리하냐고요?"

"많이 알아서 뭐 해? 무슨 일 생기면 이사님이 다 책임진다잖아."

"에이, 씨……."

"그래도 우리 이사님 같은 사람 없다. 너 수의 바꿔치고 노잣돈 빼먹는 거 한두 번 막아줬냐? 그거 언론 타면 쇠고랑이야, 쇠고랑."

"아, 그건 나만 하는 게 아니라고요. 나 일 가르쳐 준 사수도 다 하더만……."

"나병설 씨 수의 봤어? 대략 봐도 견적이 천만 원쯤 될 거 같던데?"

양상금이 슬쩍 떡밥을 던졌다.

"진짜예요?"

"내 눈이 썩은 동태 눈깔이냐? 못 믿겠으면 사무실에 와서 봐도 좋아. 자기들이 미리 준비했다고 맡겨두었으니까."

"씨발, 또 낚싯줄에 걸리네!"

"그거 빼놓으면 내가 600은 챙겨주마. 외제 차 타고 오는 상주 놈들에게 넘겨준다고."

"아, 씨발!"

"모레 아침 7시 발인이다. 고인 이름은 지승희!"

"알았다고요, 씨발!"

김대윤은 남은 소주를 한입에 털어 넣었다.

지승희, 창규가 기억하는 그 이름이었다. 그렇기에 창규는 이틀을 기다린 것이다. 시신을 이중으로 넣은 관. 그걸 확인할 수만 있다면 빼도 박도 못 할 증거가 될 일이었다.

물론 나머지 리딩도 거르진 않았다. 사실관계를 확인했으니 이전 범행을 확인하는 건 더 쉬웠다.

[나병설]

이름을 넣자 그날의 장면이 나왔다. 그때도 소주가 매개체였다. 소주 두 컵을 원샷한 김대윤. 염이 끝난 관의 작업을 시작했다.

관 뚜껑을 열려는 순간, 창문이 덜컹거렸다.

뭐야?

머리카락이 삐쭉 곤두섰다. 황급히 확인하니 고양이였다.

"아, 씨……."

김대윤이 욕설을 퍼부었다. 신경이 곤두선 탓이었다. 관으로 돌아와 청각을 세웠다. 복도 쪽은 조용했다. 그제야 관 뚜껑을 열었다. 어깨가 떨렸지만 곧 괜찮아졌다. 수의 여기저기 찔린 5만 원짜리 때문이었다.

"어차피 태울 거… 이것도 애국이지."

스스로를 합리화하며 노잣돈을 수금(?)했다. 수의도 벗겼다. 비싼 수의가 우선이고 시신 예우 따위는 없었다. 그 위에 싸구려 수의를 입혔다. 그런 다음, 다른 관에 담긴 무연고 시신 위에 삼베를 깔았다.

무연고.

김대윤이 아는 건 거기까지였다. 그러니까 범행의 머리는 최종부와 이곽. 양상금과 김대윤은 시신 처리 조에 불과했던 것이다. 이곽은 김대윤을 이용하는 대신 소소한 부정행위를 눈감고, 지지해 주었다. 주로 수의와 관 바꿔치기였다.

나병설의 시신은 싸구려 관에 옮겨졌다. 더구나 다른 시신이 바닥에 깔린 관. 하지만 뚜껑을 열면, 보이는 것은 나병설뿐이었다. 김대윤은 전리품인 황금 수의를 사물함에 고이 모셨다. 양상금이 물주를 물면 바로 현금이 될 물건이었다.

이날 나병석이라는 청년이 고인으로 들어왔다. 의대에 진학한 수재였다. 공부에 매진하다 심장마비로 죽었다. 관은 그 청년의 부모에게 팔았다. 창창한 나이에 죽은 아들이 애처로워 부모들이 최고가의 관을 주문했던 것. 결국 김대윤이 받은 건 나병설이 산 최고급 관 하나에 범행용으로 주문한 높이가 좀 더 높은 일반 관 하나였다. 색깔은 조금 차이가 났지만 심하지는 않았다. 결론적으로 고급 관 하나를 두 상주에게 팔아먹은 것.

실수는 고인들의 이름 때문이었다.

나병설과 나병석!

그 이름이 비슷하기에 김대윤이 실수를 저질렀다. 관 바꿔치기를 한 후, 술기운에 뚜껑을 바꿔 덮은 것이다. 그러니까 처음에 나온 관 뚜껑의 이름은 나병석이었지만 그 아래 나병설과 다른 시신이 있는 게 맞았다. 하지만 관 주인의 이름이 달랐으니, 안으로 돌아간 신참이 다른 관들의 뚜껑을 확인해 나병설의 것을 찾았다. 그 관에는 나병석의 시신이 들어 있었다. 그걸 열었으니 나병석이 나올 수밖에 없었다.

두 번이나 꼬이자 신참은 김대윤에게 전화를 때렸다. 취해서 곯아떨어졌던 김대윤은 이내 상황을 간파했다. 그래서 관 뚜껑을 교체해서 나왔던 것.

하지만!

그건 창규도 십 년은 감수한 사건이었다. 특히 관을 저울에 올릴 때는 심장이 터질 지경이었다. 거기서 창규가 틀린다면 변호사의 생명도 끝날 수 있는 모험이었다.

"대단합니다."

압수 수색을 지휘하던 이 팀장이 엄지를 세워 보였다.

"영장은 떨어졌나요?"

"방금 떨어졌답니다. 이중 시신을 찍어 보냈거든요."

"관계자들은요?"

"이곽은 내연녀의 집에서 검거, 최종부는 사우나에 있는 걸 압송해 오고 있는 중입니다."

"김대윤은요?"

"그 친구는 내복 바람으로 은팔찌를 찼다는군요."

"고맙습니다. 이 팀장님이 아니었으면 할 수 없는 일이었어요."

"천만에요. 저를 또 한 번 부끄럽게 만드셨습니다. 이거 굉장한 범죄 냄새가 나는데 그 실마리를 주신 게 또 변호사님이니……."

"마무리만 잘해주세요."

"목숨을 걸고 처리하겠습니다."

이 팀장이 창규를 향해 거수경례를 올렸다. 존경의 의미였다. 그제야 창규는 건물 밖으로 나왔다. 산을 넘어온 햇살이 창규 얼굴에 쏟아졌다.

짝짝짝!

상길과 일범의 박수도 함께 쏟아졌다.

"박수보다 밥이 어때? 일찌감치 나왔더니 목이 칼칼하네.

국물 칼칼한 걸로⋯⋯."

창규가 웃었다.

"그거보다 이거⋯⋯."

일범이 봉투를 내밀었다. 창규가 아까 나영준에게 주었던
봉투였다.

"그걸 왜 권 변이?"

"그분들이 막무가내로 맡기고 가셨습니다. 자기들은 황금
수의면 충분하다고. 그리고 체증도 후련하게 풀렸다고⋯⋯."

"그렇다고 그 돈을 받아?"

"두 사람이 저를 제압하고 욱여넣는 걸 어떡합니까?"

"상길 씨는 뭐했고?"

"저는 생리 현상 때문에 잠시 화장실에⋯⋯."

"허얼!"

"어쩌죠?"

"뭘 어째? 받은 사람들이 책임져야지."

"선배님!"

"그분들 기분도 있고 하니까, 넷이서 품위 유지비로 써."

"그건 좀⋯⋯."

"배고파 죽겠어. 그러니까 밥이나 먹으러 가자고. 다 먹고
살자고 이러는 거 아니야?"

"그러고 싶지만 이미 늦었습니다."

일범이 앞을 가리켰다. 보도 차량에서 기자들이 새카맣게 쏟아지고 있었다.

〈장례식장을 범행 시신 처리소로 악용한 전직 조폭 일당 두 개 파 검거〉

〈유산 갈등 빚는 노년 갑부들을 살해 후 이중 관에 넣어 화장해 완전범죄 노려〉

〈알선, 뒤처리 등의 역할 분담으로 조직적 범행〉

〈사채 쓴 장례지도사를 회유해 은밀하게 처리〉

〈3년간 8번의 범행, 수의 교체와 관 교체 건을 조사하던 변호사에게 덜미〉

〈검, 경 대대적 수사 착수. 전국 장례식장에 불똥〉

방송과 인터넷에 난리가 났다. 덕분에 창규 이름도 실검 상위권에 올랐다.

강창규 변호사.

장례식장 변호사.

저울 변호사.

천리안 변호사.

관련 검색어도 다양했다.

이번에는 창규도 인터뷰에 응했다. 기자들을 피하느니 정공법을 쓴 것이다.

"어디서 단서를 잡았습니까?"

기자들이 물었다.

"관의 크기입니다. 시신을 이중으로 넣은 관은 다른 관보다 약간 높았습니다."

"크기만으로 예측하기는 어렵지 않습니까?"

"하중도 참고했지요. 두 시신이 들은 관은 운구자들 어깨 기울기가 달랐습니다. 무게감이 있다는 거죠."

"그래서 마지막에 저울을 동원한 겁니까?"

"고인 가시는 길에 번거로운 요청에 응해주신 상주님들께 고마울 뿐입니다."

"그때 만약 상주들이 거절했다면 어떻게 되었을까요?"

"진실은 언제고 밝혀집니다. 다만 그 시간이 조금 늦춰질 뿐이죠."

"지난번 행불자 시신 발견, 석계수 사건의 진범이 저지른 전소 살인의 단서 제공에 이어 이번 사건으로 '천리안 변호사', '귀안(鬼眼) 변호사', '신들린 변호사' 등의 닉네임을 얻게 되었는데 어떻게 생각하십니까?"

"비유가 과분하지만 무당들도 신발이 내리는 때가 있다고 하더군요. 억울한 사람들 사연을 살피다 보니 영감이 왔고, 작은 가능성까지 포기하지 않고 검토하다 보니 좋은 결과가 온 게 아닌가 합니다."

"겸손하시군요. 그런데 빗발치는 수임 의뢰에도 불구하고 억울한 건을 우선으로 받는다는 평판이 있습니다. 특별한 이유라도 있습니까?"

"그건 오해입니다. 저희가 작은 사무실이다 보니 로펌처럼 많은 변론을 맡을 능력이 없습니다. 나아가 다른 유능한 변호사가 많기에 저희 능력으로 최적 변론을 할 수 있는 걸 우선시할 뿐입니다."

"이번 사건으로 인해 또 변론 요청이 빗발칠 텐데 수임 원칙에는 여전히 변함이 없는 겁니까?"

"당연하지요. 변론은 공산품을 찍는 기계가 아닙니다. 공연한 욕심을 부리면 변호사도 의뢰자도 낭패를 보게 됩니다."

"질문 마칩니다. 고맙습니다."

공식 인터뷰가 끝났다. 하지만 그것으로 끝은 아니었다. 회견장에 운집한 기자들, 조금이라도 색다른 에피소드나 비하인드 스토리를 건지기 위해 자리를 뜨지 않은 것이다. 소소한 질문까지 피하지는 않았다. 직업에 충실한 건 좋은 일이니까.

"이중으로 입관된 시신을 확인했을 때 기분은 어땠습니까? 변호사로서의 확신과 망자들에게 대한 감정으로 미묘했을 거 같은데……."

마지막 질문은 몹시 뜨거웠다.

"딱 한 가지 생각이 들었습니다."

창규는 키 작은 여기자를 바라보며 대미를 장식했다.

"다시는 시신 가지고 장난치는 인간들이 나오지 않았으면 하는 것!"

창규 생각은 그랬다. 먹을 것 가지고 장난치는 인간들. 그보다 천만 배는 나쁜 것이다.

장례식장 시신 이중 입관 건은 그렇게 마무리가 되었다. 애당초 인허가 과정부터 문제였다. 문제의 소지가 있었지만 조폭 출신들이 무리수를 주먹으로 메웠다. 관련 공무원들을 소소한 건으로 물고 늘어져 장례식장을 꾸린 것이다.

인허가가 지연되면서 돈이 많이 들었다. 부족한 돈을 메우려던 참에, 범법자들에게 제안이 왔다.

—돈 많은 늙은이들 뒤처리!

범법자들은 사채나 사기도박 등에 관여하는 인간들이었다. 그들 고객 중에 부자 부모를 둔 도박꾼들이 많았다. 하지만 이 노인들이 재산을 거머쥐고 상속해 주지 않았다. 도박 빚을 진 자들에게 은밀한 제안을 했다. 노인을 없애면 시신 처리를 해주겠다는 것. 그런 다음 재산을 처리하도록 도왔다.

─누이 좋고 매부 좋고.

─너는 유산 받고 우리는 돈 받고.

도박에 눈 먼 자 중에서 그 제안을 반기는 사람들이 있었다.

최종부와 이곽으로서도 어렵지 않은 일이었다. 다른 범법자들이 가져온 사체를 이중 관에 넣어주기만 하면 그만이었다. 장례지도사 김대윤은 사채로 낚았다. 그에게는 그저 사연이 복잡한 무연고자 시신이라고 속였다. 돈이 궁한 김대윤, 수의를 교체하다 몇 번 들킨 죄가 있기에 그 제안을 따랐던 것이다.

인간살이.

참 복잡했다. 돈이면 뭐든 하려는 범법자들. 그들도 분명 변호사를 세울 것이다. 그동안 번 돈이 있기에 의심의 여지가 없었다. 쌓아둔 게 많다면 1억, 2억짜리 변호사를 쓸지도 모른다. 그들은 어떻게 변론을 할까?

─사체 유기에 대한 죄는 초범이므로 선처를 베풀어⋯⋯.

─장례 사업으로 지역사회에 기여한 공을 고려해⋯⋯.

씨발!

뻔한 문구를 생각하다 보니 핏대가 올랐다. 창규는 사건이 보도된 신문을 구겨 휴지통에 처박았다.

"선배님, 스트레스 작렬이시네?"

그걸 엿본 일범이 웃었다.

"왜?"

창규도 따라 웃었다.

"제가 맡은 소송 두 건이 좀 산으로 가고 있지 말입니다."

"우리가 불리해?"

창규가 자세를 바로잡았다. 일범은 시간이 나는 대로 소소한 소송을 맡고 있었다. 창규가 지시한 일이었다. 인건비 때문이 아니라 일범의 경험을 위한 조치였다.

"신입 직원이 회사와 부장을 상대로 낸 손해배상소송 말입니다."

"아, 그거 조정 기일 다 왔지?"

"예."

"문제가 뭐야?"

"그게 의뢰인이 자살까지 감행한 사유가 회사 때문이라기보다⋯ 와이프 때문이었나 봅니다."

"와이프?"

"워낙 소심한 사람이라 체육인 출신 왈왈파 부장이 준 스트레스만 중심으로 변론 자료를 붙였는데 어제 최종 상담을 하다가⋯⋯."

의뢰인의 뒤통수!

일범이 당한 게 그거였다. 창규가 웃었다. 의뢰인은 자기방어를 한다. 자기에게 불리한 건 절대 말하지 않는 부류가 있다. 초보 변호사들이 간과하기 쉬운 케이스였다.

"그래서?"

"조목조목 체크하던 중 고백을 하는데… 이 친구가 회사에서는 뺀질이요 가정에도 충실하지 않은 모양입니다. 회사에서는 육아 핑계, 가정에서는 야근 핑계를 대고 피시방 죽돌이로 살다가 카드 내역을 본 와이프에게 걸렸답니다. 그 일로 와이프가 이혼하자고 하자 면피를 하려고 농약을……."

"권 변, 전략 수정 필요하겠네?"

"제 생각에는 솔직히 소를 취하하는 게……."

"다퉈봐야 실익이 없다?"

"예."

"하지만 그 의뢰인이 우격다짐 상사에게 스트레스를 받은 건 사실이잖아?"

"그건 맞습니다."

"그럼 거꾸로 좀 더 세게 나가."

"예?"

"직장 상사의 갑질 말이야. 사회문제가 되고 있잖아? 세게 밀어붙이면 저쪽에서 합의 보자고 나올 수도 있어. 회사라는 건 이미지가 중요하니까……."

"그래도 될까요?"

"대신 합의금을 좀 낮추면 되지. 농약 먹은 사람 버리면 다음에 진짜 목숨 끊을지 모르니 서로 윈윈하는 길을 찾아보자고."

"크하, 묘수로군요. 역시 선배님은……."

"감탄할 거 없어. 나도 예전에 그런 경험 있거든."

"으음… 그 말은 더더욱 위안이 되는데요?"

"또 다른 건?"

"나머지는 제 힘으로 해보죠."

일범은 홀가분하게 일어섰다. 그 뒷모습이 든든해 보였다. 숨을 고른 창규가 스케줄 표를 뽑아 들었다. 송규태 감독의 로케 일정이었다. 장례식장 폭풍은 지나갔다. 트래픽으로 먹통이던 홈페이지도 숨통이 트였다. 그동안 달린 응원의 글이 수만 건에 달할 정도.

그러나 그 잔치는 끝났다.

송규태 감독 VS 베트남 여자 리엔 건.

이제는 혼귀왕의 새 의뢰에 올인할 때였다.

3. 22살 어린 베트남 신부

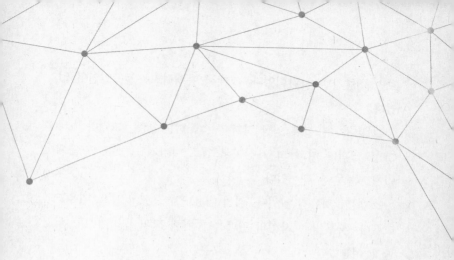

촬영장 앞에서 창규가 자료를 꺼냈다. 사무장이 뽑아 준 자료는 그리 두툼하지 않았다. 송규태의 것이 30여 장에 가까웠고 리엔의 것은 10여 장 내외였다. 알짬만 추린 까닭이었다. 그녀는 역시 '믿을우먼'이었다. 양이 아니라 질로 승부하는 것이다.

송규태 감독⋯⋯.

예술영화 감독이다. 그런데 퍼펙트 예술영화는 아니었다. 그의 작품은 모호한 경계에 있었다. 대중성과 예술성, 그리고 작품성⋯ 좋게 보면 융합의 미덕을 갖춘 감독이었고 나쁘게 보면 어중간한 사람이었다. 그래서 흥행하고는 큰 인연이 없었다.

그래도 작품성과 영상 감각은 손꼽히는 감독. 그러다 보니 CF를 찍기도 하고 그 자신이 모델로 나가기도 했다. 덕분에 인지도는 좋은 편이었다.

스캔들 같은 건 없었다. 검색 내용도 깨끗했고 보도 내용도 그랬다. 사무장은 자신의 인맥을 동원해 그의 평판까지도 몇 줄 붙여놓았다.

─여자관계 깨끗.
─어린 외국 아내를 황후로 아는 중년 애처가.

마지막 두 단어와 함께 리엔과 함께 찍은 최근 사진이 창규 눈을 파고들었다. 중년의 남자와 갓 20대가 된 청초한 여자. 웬만하면 불협화음으로 보일 테지만 이들 부부는 달랐다. 송규태의 주름만 빼면 한 쌍의 원앙이었다. 서로에게 이방인이지만, 송 감독의 예술가 이미지가 그걸 희석한 것이다.

리엔⋯⋯.

21살, 베트남에서 고등학교 졸업 후 어부인 아버지를 돕다 송 감독을 만났다. 메콩강 줄기를 배경으로 로케에 나선 송 감독 일행에게 며칠 잠자리를 제공했다가 눈이 맞은 것. 그

마을에서 유일하게 한국어를 할 줄 알았던 리엔. 송 감독이
밝힌 그들의 운명의 시작은 그랬다.

저만치 촬영장이 가까워졌다.

"컷, 밥 먹고 합시다!"

송규태의 메가폰 소리가 들려왔다. 그러고 보니 점심시간,
창규는 촬영장 구경꾼을 가장해 어슬렁 차에서 내렸다.

와다당!

폭주음과 함께 세 대의 오토바이가 멈췄다. 냉면부터 백반
까지 다양한 식사가 공수되었다. 재미난 건 중국 음식이 없다
는 것. 자장면과 짬뽕, 약방의 감초 같은 메뉴지만 그건 옛날
이야기인 모양이었다. 엑스트라들이 그걸 알려주었다.

"중국 음식 먹으면 속이 더부룩해서……."

피식!

창규가 웃었다. 세상은 변한다.

송규태는 주연배우들과 함께 식탁을 차리고 있었다. 리엔
은 보이지 않았다.

"어휴, 감독님… 우리한테 너무 올인하면 사모님한테 혼나
는 거 아니에요?"

여배우가 질투 섞인 조크를 던졌다.

"이거 왜 이래? 우리 리엔은 내가 하는 일 다 이해한다고."

"정말요? 내가 감독님 꼬셔도요?"

"리엔은 나를 믿거든. 내가 그렇다면 그런 줄 아는 사람이야."

"우아, 감독님, 그럼 혹시 사모님 자매 없습니까?"

남자 주연이 끼어들었다.

"꿈 깨. 리엔은 무남독녀거든."

송규태가 남자 주연의 꿈을 뭉개주었다.

"아, 아쉽다. 사모님 같은 사람이라면 나도 혼밥, 혼술 생활 접을 용의 있는데……."

"그보다 두 사람 말이야… 좀 애절하게 안 돼? 그냥 좋아하는 거 말고 화면을 쪽 빨아들이는 사랑 말이야… 관객들이 숨도 제대로 못 쉬고 질식하게……."

"어우, 감독님, 우린 사모님이 아니거든요. 그럼 시범을 좀 보여주시던가……."

"맞아요. 이따가 사모님 오시죠? 그때 한번……."

"야, 너희가 배우지 내가 배우냐? 그럼 출연료도 내가 가지라?"

송규태가 너스레를 떨었다. 그가 이미 식어버린 고등어구이로 입으로 가져갈 때 창규의 쌍식귀도 함께 리딩을 시작했다.

송규태.

당신은 무엇으로 이루어졌을까?

어떤 음식이 당신 몸에 쌓였을까?

"……!"

천천히 식용 카테고리를 살피던 창규가 숨을 멈췄다. 최근 10여 년의 식사거리들. 이렇게 단순명료할 수가 없었다.

[밥]
[김치]
[낙지젓]
[오징어젓]
[버터]
[와인]

대략 그게 주종이었다.

원인은 혼밥 때문이었다. 촬영이 없는 날, 송규태는 원룸에 있었다. 혼자 밥을 해 먹었다. 밥통에 하면 기본이 삼 일 치였다. 배가 고프면 김치에 낙지젓을 꺼냈다. 거기에 더한 건 와인과 마무리 안주로 먹은 버터가 전부였다. 예술가의 밥상은 단출하기 그지없었다.

약용으로 들어갔다.

약이 나왔다. 주사도 있고 알약도 있었다. '류머티스' 치료제였다. 식귀1의 마지막 체크는 특용. 거기서 창규가 미간을 구겼다. 눈살을 찌푸리게 만드는 두 가지가 나온 것이다.

그 첫째는 무슨 그라로 대표되는 정력제 쪽이었다. 종류도 엄청났다. 그런데… 좀 이상했다. 최근이 아니고 30여 년 전인 것이다.

정확히 말하면 송규태의 나이 19세부터 입대하기 직전인 22세 정도까지. 한국의 정력제로 불리는 온갖 식품과 한약재, 동물의 그것들이 주렁주렁 매달린 것이다.

'허얼.'

이 인간…….

학생 때 꿈이 카사노바였을까?

그건 아니었다.

창규의 상상은 조각조각 빗나갔다. 정력을 누리기 위해 정력제를 먹은 게 아니라 흔적만 남은 정력을 살리기 위해 애를 쓴 것이다. 송규태는 선천성 발기부전이었다. 물건은 큰데 불이 들어오지 않았다. 그의 부모가 그걸 알았다. 아들 하나만 있던 부모, 백방으로 애를 썼다. 몇 년간의 노력에도 불구하고 송규태의 새벽 텐트는 펼쳐지지 않았다.

그런데…….

창규의 시선이 그 옆의 특용으로 향했다. 그건 여자와 관계를 의미하는 애액이었다. 제법 되는 편이었다.

"……!"

이건 또 무슨 생뚱맞은 일일까? 선천선 발기부전인 사람이 애액을 삼킨 횟수가 한두 번이 아니라니. 폴더를 열었다. 여자들이 많이 나왔다. 파일만 해도 20여 개. 숫자만 보면 여자 콜렉터라고 봐도 무방할 것 같았다. 그런데 여자들이 거의 일회성이었다. 몇 번 관계한 사람은 어릴 때 쪽이었다. 30대를 넘어서면서는 거의 일회용에 불과했다.

리딩 속에서 진실을 알았다. 어릴 때의 애액은 여자 친구들 쪽이었다. 나름 순수했으므로 송규태의 발기부전을 참아주었다. 하지만 횟수가 거듭되자 불만과 의심이 쏟아졌다.

"오빠, 입 말고 그거!"

"이게 더 좋지 않아?"

"맨날 그걸로만 하니까 그렇지."

"이걸로 뻑 가게 해줄게."

"아이, 참… 장난 그만하고."

"장난 아닌데?"

"오빠 고자지?"

"……!"

고자!

그 말이 나오면 관계는 끝이었다. 이후로 만난 여자들은 실로 다양했다. 친구도 있고 술집 여자도 있었다. 지인도 있고 원나잇 스탠딩도 있었다. 그 여자들은 송규태를 두 번 이상 만나지 않았다. 여자에 대한 생각은 있으나 몸이 따라주지 않는 송규태. 나름 그녀들을 위해 최상의 봉사를 했지만 발기부전의 늪을 벗어날 수는 없었다. 혹시나 싶어 야리한 동영상도 보았다. 집창촌에 가서 몸매 좋은 여자를 불러보기도 했다. 백약이 무효라더니 백 미녀가 무효였다.

푸헐!

황당무계한 상황 때문에 한숨을 쉰 창규였다. 그런데 어떻게 결혼을 한 걸까?

결혼 이후의 폴더를 열었다. 이제는 의학이 좋아진 세상. 어쩌면 치료를 했을 수도 있었다. 그 바람은 심플하게 무너졌다. 송규태는 여전히 불능이었다. 리엔과의 관계도 혀가 그것을 대신했다. 결혼 이후 한 번도 제대로 된 사랑을 나누지 못한 것이다.

'뭐야? 그럼 첫날밤도?'

고개를 저은 창규, 애액의 밤으로 들어갔다. 그러자 혼귀왕들의 혜안이 보였다.

기구.

기구…….

그리고 채찍…….

송규태의 혀를 받아주는 단 한 사람의 여자 리엔. 처음에는 고마웠지만 송규태 역시 한 사람의 인간. 고맙고 어린 신부였지만 온갖 변태짓으로 호기심과 욕정을 채웠다. 그때마다 리엔은 수줍게 송규태가 원하는 포즈를, 신음을, 표정을 지어 주었다.

'이런!'

리딩을 멈추고 숨을 삼켰다. 남의 나라 어린 신부에게 차마 할 짓이 아니었다.

리엔…….

그렇다면 그녀가 혹시 마조히스트인 걸까? 그래서 송규태의 변태적 행위를 즐기는 걸까? 그럴 리가? 이제 겨우 스무 살을 갓 넘은 아가씨가 아닌가? 남자에 대해 눈을 뜨지도 못했을 나이, 게다가 순박한 어촌에 살던 앳된 아가씨가 그런 취향이라는 건 이해하기 어려웠다.

잠시 숨을 고를 때 흰 경차가 등장했다. 리엔이었다.

"리엔!"

송규태는 숟가락을 내려놓고 두 팔을 벌렸다. 흰 연꽃을 머리에 꽂은 리엔은 다소곳이 다가가 남편 품에 안겼다. 너무나 익숙하고 너무나 자연스러운 행동. 그건 정말 한 폭의 그림이었다.

"배고프지? 밥 먹자?"

송규태가 그 팔을 끌었다. 어떻게 알았는지 기자들이 들이닥쳐 카메라를 들이댔다. 리엔은 송규태의 볼 가까이 붙었다. 사진에서 본 그 포즈였다. 그러고 보니, 리엔의 포즈는 늘 비슷했다. 카메라가 오면 송규태의 오른쪽에 붙는다. 사랑이 가득한 표정을 짓고서. 그 표정에는 포인트가 있었다.

점이었다.

그녀 오른 볼에 찍힌 작은 점. 나란히 붙은 두 개의 점은 매력 포인트처럼 선명했다.

땡큐!

어쨌든 인사를 잊지 않는 창규. 이렇게 한자리에 모여주니 시간을 절약하게 된 것이다.

—리엔.

—베트남 아가씨.

—웃는 모습이 소박한 아가씨.

당신은 무슨 가식이 있길래 혼귀왕들에게 찍혔을까요? 솔직히 당신이 아니라 감독의 하자이길 바랍니다. 혼자 생각하며 쌍식귀의 리딩을 이어갔다. 이번에는 조금 방법을 달리했다. 식귀2부터 떠운 것이다.

[남자]

그 폴더부터 열었다. 결혼의 파국은 결국 이성이다. 불륜이야말로 파국의 지름길이라는 거, 모를 사람이 없으니.

"……!"

폴더를 연 창규의 뒤통수가 뻐근하게 땡겨 왔다. 남자는 없었다. 아니, 단 하나 있기는 했다. 하지만 그녀가 초등학교 때 마음에 두었던 순백의 사랑이었다. 시장에 같이 간 것, 운동장에서 단체 게임을 할 때 손을 잡은 것, 그 소년이 흰색과 초록 바지의 교복을 입은 모습. 그건 그냥 그리움으로 승화된 한 장면에 지나지 않았다. 백만 건이 있다고 해도 파혼의 유책 사유가 될 수 없는…….

그 밖의 남자는 송규태가 유일했다. 이성으로서 마음을 준 폴더는 그 두 개뿐이었다.

크흠!

숨을 골랐다. 그렇다면 송규태의 변태 행위가 혼귀왕들의 노여움을 산 모양이다. 어린 신부를 가혹하게 다루는 늙은 신랑. 하지만 부부 관계였다. 두 사람이 합의하고 즐기는 거라면 신이라고 해도 개입할 수 없는 일.

─부부가 변태 성관계를 하므로 이혼!

그런 판결은 어디에도 없을 일이었다.

'난해하군.'

잠시 쉬었다가 다시 시작했다. 이제는 기본부터 훑었다. 식용은 야채와 탄수화물이 많았다. 약용도 미미했다. 약해 보이지만 큰 병치레는 없었던 것. 음용을 넘어 특용 카테고리에 도착했다. 발기불능의 남편과 사는 어린 신부. 송규태가 홍분

제나 발정제 같은 거라도 먹이지 않았을까?

그건 없었다. 대신 상상 너머의 파일이 리딩에 걸렸다.

[맹독성 버섯]

맹독성 버섯.

리엔이 여섯 살 때 처음으로 먹었다. 고기잡이를 나간 아버지가 나흘이나 돌아오지 않았을 때였다. 엄마가 일찍 죽은 리엔. 먹거리가 없어 야산을 헤매다 버섯을 발견했다. 그걸 먹고 죽다 살았다. 베트남 무당인 렌동의 기원도 있었다. 리엔의 어촌 마을에는 렌동이 있었고 리엔은 그녀의 춤을 좋아했다.

"다오띠 미엔, 죽지 마, 죽으면 안 돼. 아버지가 고기를 많이 잡아 올 거야."

그녀 곁에서 한 소녀가 울부짖었다.

한 소녀……

어린 신부는 극적으로 살았다. 마침 마을의 노인이 해독제를 가지고 있었다. 그런데 그 파일에는 또 한 번의 독버섯 식용이 들어 있었다. 송규태와 결혼을 앞둔 얼마 전이었다.

이번에는 조금만 먹었다. 그럼에도 불구하고 나흘이나 맥을 추지 못했다. 조금 더 많은 양을 먹었더라면 치명적일 것이 분명했다.

거기서 의문이 생겼다.

리엔.

비록 어렸지만 독버섯으로 사경을 헤매다 회생했다. 그렇게
되면 보통 버섯은 쳐다보지도 않는 게 본능. 나아가 두 번째
섭취할 때의 모습이 좀 이상했다. 일부러 그 버섯을 찾아내
살짝 맛을 본 것이다. 마치 효능을 확인이라도 하려는 듯.

응?

거기까지 리딩한 창규가 장면을 되돌렸다. 버섯을 먹고 사
경을 헤매는 소녀. 바로 곁에서 울부짖던 소녀. 리엔과 닮았
다. 머리에 꽂은 흰 연꽃, 그러나 아픈 리엔의 머리에는 흰 꽃
이 없었다. 꽃이 뒤바뀐 것이다.

응?

리엔은 무남독녀로 소개되었던데?

자료를 보았다. 인터뷰 기사였다.

〈베트남의 작은 어촌에서 혼자 자란 리엔〉

창규의 기억에는 이상이 없었다. 하지만 척 봐도 자매 견적
이 나오는 이 소녀는 누구?

혹시……

자매였는데 저 어릴 때 죽기라도 한 걸까?

아니면, 사촌?

골똘하게 생각하는 창규 머리에 또 하나의 엇박자가 스쳐 갔다.

—다오띠 미엔, 죽지 마!

다오띠 미엔?

그 부분도 다시 체크했다. 송규태의 신부 이름은 '리엔'이었다. 그런데 '미엔'? 아무리 베트남 발음이라지만 리엔과 미엔은 다르지 않나? 창규는 정신 줄을 바짝 세웠다. 혼귀들의 의뢰는 한 번의 기회뿐이다. 사소한 것이라고 해도 놓쳐 버리면······.

쾅!

창규 몸에 숨겨진 발암 인자의 작동 개시.

안 되지.

호흡을 가다듬고 세밀한 점검에 들어갔다. 하나를 더 발견했다. 점이었다. 소리치는 소녀의 볼에도 점이 있었다. 두 개였다. 그런데··· 숨을 헐떡이는 리엔의 볼에는 하나뿐이었다. 그역시 뒤바뀐 그림이었다.

"······?"

그 또한 의문이었다. 지금 현재, 리엔의 볼에는 두 개의 점이 있다. 하지만 어릴 때는 하나뿐이다. 창규는 세 가지 상이점을 머리에 새겼다.

1) 다오띠 미엔이라는 이름.

2) 무남독녀라는 리엔과 닮은 소녀의 등장.

3) 하나에서 두 개로 변한 점.

세 단서를 메모하고 송규태와의 첫 만남으로 향했다. 20살 이상 차이가 나는 두 커플. 어떻게 스페셜한 취향을 넘어 허니문의 문을 연 걸까?

장소는 리엔의 허름한 집이었다. 어부인 아버지는 술에 취해 잠이 들었다. 리엔은 송 감독의 움막에서 시중을 들었다. 송 감독은 내일 촬영할 대본을 보고 있었다. 배터리로 알전구를 밝힌 대나무집이었다. 리엔은 끓인 차 주전자를 그 곁에 놓았다. 그리고 움직이지 않았다. 송 감독의 시선이 소녀의 발에서 얼굴로 올라왔다. 소녀가 수줍게 웃었다. 그는 알고 있었다. 이 소녀가 자신의 관심을 끌기 위해 노력하고 있다는 걸.

"이름이 리엔이라고?"

"네……."

"나 좋아하니? Like?"

"네."

소녀는 기다렸다는 듯이 말했다. 서툴지만 제법 하는 한국어였다.

"고마워. 하지만 난 나쁜 사람이고 나이도 많아. Old, Old man."

"나이 많아 보이지 않아요."

"그건 한국 사람이라 그래. 한국 사람이 베트남 남자보다 대개 다섯 살에서 열 살은 젊어 보이는 경우가 있거든."

"나이 많아도 괜찮아요."

리엔이 수줍게 웃었다.

"왜? Why?"

"……."

"어떻게든 한국에 가려고? 거기서 취업하고 싶어? Job, Job?"

"아니… 감독님 좋아해요."

"허얼!"

"진짜예요."

"미안하니까 바쁘니까 나가줄래? Now get out, Get out!"

송규태의 손이 허름한 문을 가리켰다. 리엔의 첫 시도는 불발로 끝났다. 하지만 그녀는 포기하지 않았다. 두 번, 세 번, 끈질기게 계속되더니 결국 마지막 날에는 옷까지 벗어 내렸다. 송규태, 촬영을 마친 차에 술에 취한 밤이었다.

"리엔!"

송규태가 소리쳤다.

"제 몸을 봤으니 저랑 결혼하서야 해요. 아니면 저는 이제 결혼하지 못해요."

"……"

"이 마을 관습이에요. 알몸을 보여준 사람과 결혼해야 하는 것."

"아무도 모르는 일이야. Nobody."

"제 양심이 알아요."

"……"

"저를 한국에 데려가 주세요."

리엔이 알몸으로 안겨왔다. 이제 막 스무 살이 된 처녀. 살이 닿자 남자의 마음이 약해졌다. 술김을 핑계로 뿌리치지 못했다. 송 감독은 스스로를 합리화시켰다. 그래. 이것도 운명일지도. 한국 애들은 발랑 까졌지만 리엔은 순수하잖아? 내 발기불능을 문제 삼지 않을 수도 있어. 아기야 시험관 아기로 낳으면 되지. 일단 한번 시험해 보자고. 어떻게 나오는지…… 내 사정을 알면 저도 더 이상 엉기지 않을 테고… 그럼 돈이나 넉넉하게 주고 가면 되겠지.

송규태가 리엔을 당겼다. 오랄 섹스를 했다. 긴 시간임에도 리엔은 문제 삼지 않았다. 오히려 다소곳이 얼굴을 기대왔다.

"나 이거 안 좋아. 그래서 이걸로밖에 못 해."

송규태가 두 군데를 가리키며 열심히 설명했다. 페니스와

혔였다. 리엔이 부끄러운 듯 웃었다. 송규태는 그걸 오케이로 받아들였다. 하지만 그 밤의 리엔 역시 볼의 점은 하나였다.

　─리엔.

　─당시 20살 베트남 처녀.

　그렇게 송규태와 결혼을 했다. 처음으로 자신의 성 장애를 비하하지 않는 '여자'를 만난 송규태. 밤의 침실만 예외로 하고, 그녀를 아꼈다.

　그렇다면 리엔, 송규태의 무엇에 반한 걸까? 한국 남자라서? 이제 그 리딩에 들어가는 창규였다. 사연은 한국 소주에서 얻었다. 송규태 감독이 만들어 준 한국식 칵테일.

　소주 한 잔에 콜라 세 잔.

　달달하고 싸한 맛이 리엔의 입에 맞았다. 한국 소주라니 더욱 그랬다.

　"……!"

　하지만 그 칵테일이 그녀의 위장에 흘러내릴 때 창규의 리딩은 멈추고 말았다. 리엔의 본심을 엿본 것이다.

　언니!

　리엔의 마음속에 든 단어였다.

　기다려!

　내가 복수해 줄게!

　꼭!

복수?

복수!

미엔!

리엔!

두 이름에서 알았다. 리엔의 이름은 미엔이었다. 리엔은 그녀 언니의 이름이었다. 미엔보다 네 살 많은 언니였다. 그녀는……

행방불명이었다!

바로 이 나라 코리아에서.

돼지 뼈를 곤 쌀국수 파일에서 나온 리딩이 그림을 완성시켰다. 미엔이 친구와 나눈 대화에서였다.

"언니와 연락이 끊겼어."

"한국 간다더니 좋아서 그런 거 아닐까?"

"예감이 좋지 않아. 언니가 한국 형부가 이상하다고 말했어."

"정말?"

"한국에 간 후로 술을 마시고 폭행을 한대. 며칠 전에는 발목도 부러졌다고 했어."

"어떡해… 좋은 사람 만났다고 좋아했다더니?"

"처음에만 그랬대. 한국에 가기 무섭게 사람이 변했대. 그 사람은 사람이 아니고 짐승이래."

"미엔······."

"그리고는 한 달 넘게 연락이 끊겼어."

"······."

"언니는 죽은 거 같아. 꿈에서 그렇게 말했거든."

"미엔······."

"불쌍한 언니··· 중국에서는 다리 하나 없는 사람에게 속아 시집을 가고, 겨우 도망쳐 나와 만난 한국 사람은 술주정뱅이에 폭력······."

"미엔······."

"찾아서 복수할 거야. 그 한국인 장성갑."

미엔의 눈에 불꽃이 이글거렸다.

불꽃.

불꽃을 본 창규의 눈은 무한 확장된 채 움직이지 않았다. 미엔의 속내가 나왔다. 그녀의 목적은 결혼이 아니었다.

복수!

그 칼을 쓰러 온 미엔이었다. 그녀 역시 송규태 방식의 교접은 죽을 만큼 싫었다. 그녀는 순결한 처녀. 남자의 물건도 그리 반갑지 않을 참에 오랄과 기구로 농락하는 섹스가 좋을 리 없었다. 다른 건 몰라도, 잠자리에서의 미엔은 송규태의 성노예에 지나지 않았다.

그래도 싫다는 내색은 하지 않았다. 미엔은 송규태가 필요했다. 그와의 결혼이 필요했고 유명세도 필요했다. 그래서 웃었다. 눈물을 머금고 웃었다. 기구가 들어와도, 이상한 걸 시도해도, 그저 웃었다. 송규태의 비위에 맞춰야 하는 것이다.

카메라가 있으면 더 활짝 웃었다. 그때마다 오른쪽 볼을 노출시키는 것도 잊지 않았다. 그 볼에 점 하나를 더 찍는 것도 잊지 않았다.

물론 송규태를 처음 만났을 때는 점 하나였다. 하지만 송규태는 눈치채지 못했다. 까무잡잡한 미엔의 얼굴 탓이었다. 그러나 다른 한 사람, 이 두 개의 점을 기억하는 사람이 있었다. 미엔은 그걸 노리고 있었다.

─그 사람, 내 점에 반했대. 점 하나는 자기고 또 하나는 나라고.

─그 사람, 이제는 내 점이 재수 털리는 점이래. 이 점 때문에 되는 게 없다고.

언니의 말이었다. 언니를 꼬실 때는 점조차 예찬하던 장성갑. 언니가 싫어지자 점조차 구박의 대상으로 삼은 그 남자.

미엔은 잊지 않았다.

여자가 한을 품으면.

그 눈에 피눈물 나게 하면…….

각오해!

복수.

그건 베트남 여자라고 다를 리가 없었다.

장성갑은 사기 행각을 벌이고 중국에 도피하던 중에 언니 리엔을 만났다. 환심을 사려고 선물 공세를 폈다. 중국인 전 남편으로 인해 마음의 상처가 깊었던 언니, 한국 남자의 자상 함에 마음을 열었다. 그래서 그가 한국행 여객선을 타자고 했 을 때 두말없이 따라나섰다. 그리고 딱 10개월 후에 연락이 끊긴 것. 그게 오늘을 기점으로 8개월 전이었다.

미엔이 한국에 온 지도 어언 4개월 차. 그러니까 미엔은 언 니의 연락이 끊긴 지 4개월 후에 한국에 온 셈. 미엔은 언니 의 모습으로 송규태와 함께 노출되면서 장성갑을 기다리는 중 이었다.

―장성갑!

―43세!

그 두 가지 외에는 아는 게 없는 까닭이었다.

한국에 들어와 제일 먼저 한 건 베트남 사람들을 만나는 것이었다. 그들이 알음알음 연락망을 통해 언니의 전화번호 내력을 알아주었다.

―결론은 대포 폰.

―게다가 지금은 사용 중지.

언니 전화로 얻을 수 있는 건 없었다.

미엔은 떡밥을 놓기로 했다. 떡밥은 그녀 자신이었다. 언니처럼, 언니의 모습으로 카메라를 받은 것이다. 송규태는 유명인. 어쩌면 장성갑이 볼 수도 있었다. 그러면 찾아올 것으로 믿었다. 혹시라도 미엔의 현몽이 빗나가 언니가 살아 있다면, 그래서 언니가 와주면, 더 좋을 일이었다.

하아!

창규 입에서 깊은 한숨이 나왔다. 이 둘 역시 잉꼬부부는 아니었다. 하지만 누구 편에도 서기 어려웠다. 발기불능으로 인한 욕구불만의 해소에 오랄과 기구를 이용하는 송규태, 송 감독에게 마음이 없지만 언니의 실마리를 잡기 위해 모욕을 참고 있는 미엔. 애당초 두 사람 다 결혼의 동기가 순백하지 못했기에 혼귀왕의 의뢰 자체는 적중이었다.

그럼 찢어야지.

어떻게 찢는다?

궁리를 만들 때 미엔의 마지막 결심이 창규의 대뇌를 후려 쳤다.

장성갑을 만나면······.

그가 언니를 죽였으면······.

내 손에 죽어.

그리고······.

송규태······.

당신도!

"……!"

창규는 대뇌에 불이 난 듯 화들짝 소스라쳤다.

4. 인간 말종

송규태와 미엔!

그녀의 본명이 미엔이기에 창규는 리엔을 버리고 미엔이라는 이름을 택했다. 창규는 겨우 가라앉힌 마음으로 미엔의 독극물을 추적했다.

"……!"

하나는 그녀의 소형차 안에 있었다. 장성갑을 만나면 언제든 써먹기 위함이었다.

─술 한잔 할까요?

─커피 한잔?

그게 뭐든 마시기만 끝장이 날 판이었다.

또 하나는 집에 있었다. 그녀의 옷 가방 구석에 든 목각 인형. 특별히 만든 인형의 속이었다. 만약을 대비해 둘로 나눠 둔 미엔이었다. 하나를 잃어버리면 또 다른 하나가 비상용이 되는 것이다. 분리되는 인형의 다리에는 해독제도 보였다. 철두철미한 준비성이었다.

젠장!

탄식이 나왔다. 자칫하면 이혼이고 나발이고 살인사건이 벌어질 판이었다.

부릉!

그 순간 시동 소리가 들렸다. 미엔의 차가 움직인 것이다. 송규태를 두고 집으로 돌아가는 모양이었다.

부릉!

창규도 시동을 걸었다. 미엔의 뒤를 따랐다. 이번에는 따로 의뢰인을 정하지 않기로 했다. 일단 송규태는 마땅치 않았다. 그는 미엔을 사랑한다. 밤의 침대가 그녀에게 수치인 것을 모르는 까닭이었다. 그것 외에는 남편으로서 큰 하자가 없는 송규태. 그런 남자에게 '이혼해'라고 외친들 쉽게 먹힐 것 같지 않았다.

—이유는?

—네 마누라는 당신을 사랑해서 결혼한 게 아니야. 어떤 남

자를 노리고 위장 결혼을 해서 입국한 거야.

돌아올 답은 뻔했다.

—미친놈!

그렇기에 미엔을 타깃으로 삼았다. 이 여자는 위험했다. 만약 언니가 죽었다면, 두 남자를 해치우고도 남을 여자였다. 그녀가 맹목적이기 때문이었다.

미엔의 차는 송규태의 집 앞에서 멈췄다. 기하학을 이용해 만든 개성 넘치는 신혼집이었다. 작고 아담한 정원도 이채로 웠다.

"저기요."

차에서 내리는 그녀를 창규가 불렀다.

"나요?"

미엔이 돌아보았다.

"사람 찾고 있죠?"

"예?"

미간을 좁히는 그녀에게 창규가 다가섰다.

"장성갑. 43세……."

"누, 누구세요?"

"언니랑 중국에서 만났군요. 그 후로 같이 한국에 들어왔는데 언니는 행방불명……."

"누구시냐고요?"

"찾는 거 아닙니까?"

"……!"

미엔의 표정이 볼만했다. 한을 품었다지만 이제 갓 20대 초반, 게다가 한국 사람도 아닌 상황. 창규의 느닷없는 질문에 놀라지 않는 게 이상할 일이었다.

"찾는 거 아니면 그냥 가죠."

창규, 떡밥만 던지고 돌아서 버렸다. 주도권을 잡으려는 미끼였다.

"이봐요."

미엔이 소리쳤다. 창규는 대꾸도 없이 차를 향해 걸었다.

"이봐요, 잠깐만요!"

미엔이 달려와 창규 앞을 막았다. 주도권은 넘어온 것 같았다.

"당신, 누구예요? 장성갑을 알아요?"

"그럴 수도……."

"그럼 우리 언니도요?"

"리엔!"

"……."

"볼에 점 두 개… 당신, 미엔은 원래 하나였죠?"

창규가 볼에 그린 점을 정확히 가리키자 미엔이 휘청거렸다.

"누구세요? 그리고 어떻게 그걸 아는 거죠?"

"이거 좀 보시죠."

창규가 핸드폰 화면을 내밀었다.

"렌동?"

렌동은 베트남의 무당을 이르는 말이다. 그녀가 그렇게 말한 건 화면 때문이었다. 창규의 핸드폰 화면 속에 무당이 있었다. 지난번, 석계수의 할머니가 소개한 무속인. 그녀가 두 아이와 귀신들을 천도할 때 찍었던 사진들… 그걸 써먹는 창규였다. 사진 속의 무속인은 훨훨 날고 있었다.

"저를 보낸 사람입니다."

창규는 무당을 팔아먹었다.

"……?"

"송 감독과 아가씨가 찍힌 사진을 보더니 신발이 꽂혔다더군요. 내가 전한 말이 틀렸나요?"

"……."

"뭐 대답하기 싫으면 말고……."

창규가 다시 돌아섰다.

"아, 아니… 그게 아니고요."

다급해진 미엔이 창규 팔목을 잡았다.

"맞아, 틀려?"

창규가 눈자위에 힘을 주었다. 강압은 이럴 때 필요한 법.

놀란 미엔은 자신도 모르게 고개를 끄덕거렸다.

"그 사람 죽이려고?"

"……."

"베트남에서 약도 가져왔다며?"

"……."

"잘하면 한국 남편도 죽일 기세고."

"……."

"하지만 진짜 마음은 언니를 찾는 거지? 살아 있는 언니?"

"우리 언니 살아 있어요?"

미엔이 벼락처럼 반응했다.

"성미 급하네. 나는 말 전하는 사람이거든? 돌아가서 보살님께 물어봐야지."

"아저씨… 렌동님에게 부탁해 주세요. 언니가 살아 있으면 저 좀 알려달라고요."

"3일만 참아."

"3일?"

"렌동? 우리 보살님이 그렇게 말했거든. 할 수 있지?"

"그, 그럼요."

"복채!"

창규가 손을 내밀었다. 돈을 받을 생각은 없지만 공짜라고 하면 의심을 살 것 같았다.

"얼마나?"

"일단 10만 원. 언니 찾으면 30만 원 더!"

"알았어요."

"그리고 전화번호."

"알았어요."

5만 원권 두 장을 꺼낸 그녀가 메모지 한 장을 더 올려놓았다.

"잘 들어. 우리 보살님이 연락하기 전에 그 약은 절대 쓰면 안 돼. 그러면 베트남에 있는 아버지에게 천벌이 내려. 알았어?"

"네……."

"이제 들어가 봐."

창규가 신혼집을 가리켰다. 그녀는 주저주저 대문 안으로 사라졌다.

휴우!

창규가 한숨을 몰아쉬었다. 어설프게 무당을 팔아먹었다. 그나마 리엔이 베트남 무속을 신봉하기에 가능한 일이었다.

미엔.

일단 그녀와의 연결 통로를 터놓았다. 남은 일은 장성갑과 언니를 찾을 차례였다.

"한국에 온 지 10개월 후에 연락이 두절되었는데 그 직전

몇 달은 연락이 되었다. 미엔이 한국에 온 지 4개월 차면 1년 하고 두 달 전에 여객선을 탔다는 거네요."

창규의 말을 들은 사무장이 날짜를 짚어나갔다.

"두 번째 주입니다. 출발지는 연태… 가능할까요?"

창규가 사무장을 바라보았다.

"못 하면 저 짤리는 거 아닌가요?"

사무장이 웃었다.

"그리고 리엔이라는 여자의 대포 폰 번호입니다."

"흐음, 숙제가 하나가 아니었군요?"

"죄송합니다."

"중국 여객선은 평택항에 있는 친구를 통해볼게요. 둘 다 가짜 여권이 아니라면 체크가 될 거예요. 대포 폰은 현재 사용 중지라면 시간이 좀 걸릴 것 같은데요?"

"알았어요."

창규는 재촉하지 않았다. 어차피 알아서 하는 사무장이었다. 그 위에 재촉을 올려놓는 건 사기를 떨어뜨리는 일에 다름 아니었다.

"여보세요?"

사무장의 목소리가 울려 퍼졌다. 요로에 전화를 때리는 것이다. 그렇다고 그녀가 온리 전화로 승부를 거는 건 아니었다. 여자답게 디테일과 배려, 성의를 더한다. 그것도 상대가 부담스럽지 않을 수준에서.

"응, 나 근처거든. 간만에 얼굴이나 보고 가려고."

사무장은 프로페셔널답게 통화를 끝냈다. 이어 손가방을 챙겨 들고 나갔다. 보아하니 평택항으로 가는 모양이었다. 그녀는 정말이지 일당백이 아닐 수 없었다.

'미엔……'

창규는 미엔과 송규태의 사진을 집어 들었다. 다시 봐도 언니와 많이 닮았다. 원래도 살짝 닮은 얼굴인데 꽃을 꽂고 점까지 두 개로 찍으니 붕어빵이 따로 없었다.

그때 창규 전화가 울렸다.

한윤기 원장이었다.

─죄송하지만 잠깐만 꼭 좀 와주셨으면 좋겠는데요?

그의 목소리는 전에 없이 간절했다.

"마셔요."

한윤기가 말했다. 상생병원 원장실, 창규 앞에는 두 사람이 있었다. 한윤기와 더불어 청빈 판사 이재명 부장. 느닷없는 자리였다.

"오늘 이 부장님이 정기검진을 왔거든요. 이런저런 이야기하다가 강 변호사 말이 나와서……."

"……."

"그럼 두 분이 말씀 나누세요. 저는 곧 심장 수술이 있어서……."

한윤기가 먼저 자리를 피했다. 창규는 커피 잔을 든 채 가만히 있었다. 이재명 부장판사. 짐작하지 못한 일이었다. 미얀마 아이들의 수술 성공을 보여줄 것으로 생각했던 창규. 뜻밖의 상황에 쉽사리 입을 열지 못했다.

이재명.

창규를 살려준 은인이었다. 물론 그때는 쌍식귀 시범 사용권이 있던 상황. 이재명이 아니라면 윤여도의 아킬레스건을 물고 늘어져 부담을 벗어날 수도 있었다.

결과를 놓고 본다면 그렇지만 과정을 보면 완전히 달랐다. 소송에서 창규에게 판정승을 안겨줌으로써 변론 스펙까지 올려준 이재명이었던 것이다. 그런 그가 창규 보기를 원한 것이다.

"병원 커피는 어떠신가?"

이재명이 깊은 침묵을 깨며 물었다.

"솔직히 말씀드리면 별맛 없습니다."

"하핫, 내 생각하고 같군."

"부장님도 그렇습니까?"

"강 변호사 와이프께서도 이 병원 신세를 지신다고?"

"예……."

"병원 신세 지는 것도 나하고 같군."

"……."

"이번에 기부를 10억이나 했다고 들었네만."

"그건… 한 원장님 이혼 당시에 발생한 부당이득을 받아 드린 것뿐입니다."

"그렇다고 해도 강 변호사가 꿀꺽해도 문제없을 돈이었더군."

"10억이나 먹으면 체하죠."

창규가 웃었다.

"그 전에는 3억을 내놓았다던데… 윤여도 변론으로 받은 돈 전부를 내놓은 거 아니신가?"

"아닙니다. 저도 챙길 거는 다 챙깁니다."

"그래도 대단하이. 대개는 1, 2천 내놓고 생색내는 세상에……."

"부장님 행실에야 비하겠습니까?"

"그래서 내가 강 변호사 뒷조사 좀 했네. 기분 나빠도 이해하시게."

"저 큰집 보내시게요?"

"그래!"

창규의 질문에 이재명이 화답했다. 대답이 너무 쉽게 나와 창규가 긴장하고 말았다.

"그러고 보니 그때 왜 나를 찾아왔나 모르겠더군. 홍태리 이혼 건에, 석계수 재심 건, 언론사를 상대로 한 잊힐 권리 건, 나아가 세상을 떠들썩하게 만든 장례식장 이중 시신 처리 건과 글로벌 기업 유니크전자 차재원 이혼 건까지……."

"……."

"그 정도 실력이면 법정에서 붙었어도 윤여도의 공판검사 물 먹이는 건 어렵지 않았을 것 같던데……."

"과찬이십니다."

"아니, 내가 입바른 소리 하려고 강 변호사 찾은 건 아니고. 공판서류 열람해 봤는데 석계수 건과 배달일보 소송 건은 대형 로펌이 나서도 쉽지 않을 일이었어."

"그냥 열심히 하다 보니 운이 닿은 소송이었습니다."

"운발이다?"

"예."

"대형 로펌의 스카우트 제의도 차버렸다던데?"

"그건 그쪽에서 떡밥으로 던진 건데 제가 그쪽 구미에 맞춰 주지 않으니 자동 무효로……."

"아니야. 내가 거기 대표를 알잖아. 그쪽에서는 분명 오퍼를 냈지만 그 공판 이후로 생각이 바뀐 모양이더군. 너무 튀는 존재가 될까 해서……."

"제가 그쪽 대선배님들에게 무례하게 구는 통에 점수를 까

먹은 모양이군요."

"그 로펌은 승소율이 굉장한데 그래도 운발이었을까?"

"뭐 그건……."

"뭐 굳이 운발이라면… 아직 그 운발이 다하지는 않은 것 같은데?"

"그런 것 같기는 합니다."

"그러고 보니 홍태희 양과 차재원 건 등이 전부 초대형 이혼 건이었군."

"예……."

"그러다 이혼 전문 변호사 간판 다시는 것 아닌가?"

"그렇잖아도 상담에 이혼이 많이 들어오고 있습니다."

"상류층 이혼 건으로 노하우도 좀 생겼나?"

"그저 감이나 잡은 정도입니다."

"그래서 말인데… 내가 이혼 수임 한 건 소개해도 되겠나?"

"부장님이요?"

창규가 파뜩 고개를 들었다.

"이야기 들으면 강 변호사도 놀랄 정도의 사람인데 신분 때문에 로펌에는 가지 못할 것 같고… 그러다 보니 개업 변호사 중에서 능력 있고 입 무거운 사람이 필요하신 모양일세."

"말씀부터 대단하신 분 같은데 제가 체급이 되겠습니까?"

"솔직히 처음에는 대법관 출신이나 법원장 출신을 고려했었네. 고심 중에 여기 와서 정기 검사를 받게 되었는데 우리 한 원장이 강 변호사 얘기를 하는 거야. 10억 기부와 함께……."

"……."

"한 원장을 양곤까지 수행해서 곤란한 일도 해결해 줬다고?"

"그건 우연히……."

"우연이라는 건 한 번이지. 두 번, 세 번 반복되면 우연이 아니라네."

"……."

"강 변호사, 그날 나에게 간청할 때 말일세 기분이 어땠나?"

"죽도록 간절했습니다."

"지금 내 마음이 그렇네."

이재명이 시선을 들었다. 단아하면서도 대쪽 같은 시선은 흔들림조차 없었다.

"그때의 강 변호사 심정이라면 못 할 게 뭐가 있을까?"

"부장님, 저는 아직 애송이라……."

"10억 내놓는 애송이는 들은 적이 없네. 강 변호사는 그 품격만으로도 내 머릿속에 든 대법관이나 법원장 출신 율사들을 뛰어넘었어."

"……!"

"일단 만나보시고. 수임료는 얼마를 받으셔도 상관없네. 전처럼 기부 조건도 없고."

"부장님."

"대신 기부는 내가 하겠네. 강 변호사가 그분을 조용히 이혼시켜 주면 심장병 어린이 한 명분 수술비를 대지."

"……."

"보너스도 있네. 그분에게도 수술비 세 명 정도는 떠안기겠네. 약속하네."

"……."

"그래도 안 되겠나?"

이재명의 시선이 창규 얼굴에 고정되었다. 대한민국 법조계에서 첫손에 꼽히는 청렴 법관. 진 빚도 있지만 마음속에 표사로 새긴 존경스러운 인물.

미엔의 건이 아니라도 아직, 쌍식귀 사용권이 1회 남은 창규였다. 그 사용처는 은혜를 갚는 데 쓰는 게 마땅한 것 같았다.

"그리 말씀하신다면 맡겠습니다. 한 사람이 아니라 다섯 사람을 살리는 일이라 하시니까요."

창규가 결단을 내렸다.

"다섯이라."

"기회를 주셔서 고맙습니다. 최선을 다해 임해보겠습니다."

"아니, 내가 오히려 고맙네."

이재명이 손을 내밀었다. 창규는 두 손을 내밀어 마주 잡았다.

"그분은 지금 머리를 식힌다고 아르메니아에 가 있네."

"아르메니아요?"

국가명에 놀란 창규가 고개를 들었다.

"왜 놀라시나?"

"아, 아닙니다."

"거기 아라라트 산이 있는데 그걸 보고 오시겠다더군. 지난 번에는 페루의 티티카카 호수를 보시더니… 아마 마음의 결 단을 내리고 계실 걸세."

"뭘 하시는 분인지 알려주시면 미리 자료를……"

"미안하지만 그건 곤란하네. 일단 내가 강 변호사를 추천하 면 마음의 결정을 하실 걸세. 그때 만나면 좋겠네."

"네……"

"고맙네, 내 뜻에 따라줘서."

이재명은 흔쾌한 표정으로 돌아갔다.

누굴까?

이재명이 신중한 걸로 봐서는 굉장한 거물로 보였다. 하긴 거물이라고 이혼하지 말라는 법은 없다. 골똘히 생각할 때 한 원장이 뛰어 들어왔다. 수술복 차림이었다.

"강 변호사님, 따다초 수술 끝났는데 보시렵니까?"

한 원장이 소리쳤다.

"따다초요?"

"미얀마 소녀 말입니다. 두 번째로 수술 끝냈습니다."

"성공이군요?"

"당연하죠? 누가 도와준 일인데요?"

한 원장과 함께 회복실로 달려갔다. 미얀마 소녀는 창규를 알아보고 눈을 꿈벅거렸다.

"야마지, 야마지 제주떤바래……."

야마지 제주떤바래.

너무너무 고맙습니다.

통역 따위는 필요 없었다. 따다초의 눈이 말하고 있었기 때문이다.

"원장님 넘버 원!"

창규가 엄지를 세워 보였다.

"따다초는 강 변호사님 작품입니다. 돈을 댄 것도, 데려온 것도 다 강 변호사님 덕분이니까요."

한윤기도 창규를 향해 엄지를 세웠다. 창규 가슴이 뭉클해 왔다. 그래, 이게 사람 사는 거지. 창규는 까무잡잡한 따다초의 손을 꼭 잡았다.

빨리 나으렴.

그래서 빨리 돌아가서 달라의 맨땅을 뛰어다녀야지.

그동안 못 뛴 것까지 함께……

나도 기도할게.

그동안 못 다한 너의 꿈이 차곡차곡 이루어지길.

선행은 3대를 간다는 말이 있다. 그 말은 아직 유효한 걸까? 선행을 온몸으로 느끼고 돌아가던 창규에게 낭보가 날아들었다. 사무장의 전화였다.

─변호사님, 단서 나왔습니다.

"그래요?"

창규는 차를 갓길에 세웠다.

─1년 2개월 전, 정확히는 1년 2개월 6일 전에 여객선을 탔습니다. 장성갑과 중국 국적의 리엔… 거기서 개명을 했는지 이름은 셔징으로 나오는데요?

"확실해요?"

─네, 리엔이 중국 남자와 결혼하면서 국적과 이름을 바꾼 겁니다.

"연락처는요?"

─당연히 뽑았죠. 장성갑의 것이 입국 기록에 있더군요.

"빙고!"

창규는 자신도 모르게 소리를 질렀다.

─너무 좋아하실 필요 없어요. 바로 확인했는데 지금은 거주 불명으로 나오거든요.

"……."

―입국 당시 주소는 안산 쪽이에요. 오는 길에 들러보니 외진 빌라로 6개월 정도 살다 나갔다네요.

"주소 추적 안 되나요?"

―주민등록을 그냥 두고 가는 바람에 직권 말소가……

"사무장님은 지금 어디예요?"

―복귀하는 중입니다.

"장성갑 입국 당시 연락처하고 주소 찍어주세요. 여권 스캔본 봤으면 사진도 같이……"

―가보시게요?

"그냥요."

―알았습니다.

대답과 함께 문자가 들어왔다.

장성갑, 38세. 문자에 찍힌 번호로 전화를 걸었다. 사무장을 믿지만 확인하고 싶은 게 인간이었다.

―지금 거신 번호는 없는 번호……

익숙한 멘트가 나왔다.

핸드폰을 닫고 핸들을 돌렸다.

안산시.

멀지 않았다. 호남이나 영남도 아니기에 목적지로 정했다. 창규는 할 수 없고 사무장은 할 수 있는 것. 사무장은 할 수 없고 창규는 할 수 있는 것. 그게 다른 까닭이었다. 원래 모래

밭에서 바늘 찾기였던 일. 이 정도 건진 것만 해도 땡큐가 아닐 수 없었다.

끼익!

네비게이션에 찍힌 주소 앞에서 차가 멈췄다. 외진 곳이 맞았다. 야산을 끼고 듬성듬성 들어선 빌라 중의 하나였던 것. 빌라는 모두 네 동이었다. 세대수는 대략 30여 가구.

'A동 102호…….'

장성갑의 주소를 한 번 더 확인했다. A동은 입구가 아니라 산 쪽이었다. 길을 따라 걷는데 작은 텃밭이 보였다. 할아버지 하나가 잡초를 뽑고 있다. 경비원이 없는 빌라. 그렇다면 노인을 잡고 물어보는 게 최상일 수 있었다.

"어르신."

창규가 다가섰다.

"뭣이여?"

할아버지가 돌아보았다.

"여기 사세요?"

"그런데 왜?"

"오래 사셨어요?"

"아니, 몇 달 전에 이사 왔는데?"

할아버지가 틀니를 내보이며 웃었다. 헛발이었다. 하지만 완전히 헛발은 아니었다.

"저기 저 양반이 여기 오래 됐지."

할아버지가 창규 뒤를 가리켰다. 다른 할아버지가 막걸리 두 병을 들고 걸어오고 있었다.

"장성갑?"

막걸리 할아버지가 고개를 들었다.

"이 사람입니다."

창규가 사진을 내밀었다. 사무장이 평택항에서 찍어 온 여권 사진이었다.

"에이, 늙으면 작은 건 잘 안 보여."

막걸리 할아버지는 귀찮은 듯 고개를 저었다.

"죄송합니다. 조금 키워 드릴게요."

화면을 확대해 다시 내미는 창규. 노안이 오면 가까운 곳은 도통 보이지 않는 것이다.

"이 사람이 여기 살아?"

화면에 코를 박다시피 한 막걸리 할아버지가 물었다.

"전에 살았습니다. A동 102호에서 반 년 정도?"

"왜 찾는데?"

"제 형님입니다. 외국 여자랑 바람이 나서 집을 나갔는데 어머니가 위독하셔서……."

아무래도 경계하는 것 같아 신파 쪽으로 둘러댔다. 노인들은 뜻밖에도 이런 데 약했다.

"그렇지? 그 여자가 마누라 아니었지?"

막걸리 할아버지가 고개를 들었다.

"아시는군요?"

"뭐… 안다기보다……."

"이 양반 집이 A동 102호라오."

다른 할아버지가 끼어들었다.

"부탁합니다. 어르신… 저희 형님 찾아야 합니다."

창규가 읍소를 했다. 낯선 노인을 속이는 게 마음에 걸리지만 선택의 여지가 없었다.

"형님이라는 인간, 아주 말종이야. 그거 알아?"

"예……."

"이사 오고 며칠은 잠잠했지. 내 전에도 그 집에 골초 홀애비가 들어와 냄새에 찌들었는데 이번에는 주폭이 들어온 거야. 자네 형님 말일세."

"……."

"비싼 술 처먹으면 저나 먹으면 되지 어린 여자는 왜 또 그렇게 개 패듯이 패? 내가 여자 죽을까 봐 몇 번 말렸지만 하도 개망나니처럼 나대는 통에……."

"……."

"그리고는 얼마 후에 소리도 없이 이사를 갔어. 아휴, 내 속이 다 후련하더라고."

"어디로 간지는?"

"그걸 내가 어떻게 알아? 지금도 그 인간만 생각하면 입맛이 떨어지는데… 아, 조강지처 버릴 정도로 바람이 났으면 남의 나라 색시라도 잘해주든지."

"……"

"뭐 그래도 이사를 가기 전 한 이틀은 잘해준 눈치였지. 옷도 사오고 선물도 사오고……"

"옷하고 선물요?"

"처음이었지 아마? 이사 오고 며칠 빼고는 그 집에서 웃음소리가 들린 게?"

"혹시 전화번호는?"

"이봐요, 난 당신 형이 노래기보다 싫은 사람이야. 당신은 참해 보이지만 당신 형은 개망나니였거든. 술 취하면 아무 데나 오줌에 오바이트에 시비에… 어휴, 그것도 인간이라고 당신 어머니가 낳고 미역국 먹었겠지?"

"……"

"그 어린 색시가 나와서 챙겨주면 쌍욕에 주먹질에… 내가 몇 번이고 경찰에 신고하고 싶었지만 마주 보는 집이라 보복이 두려워 못 했소. 우리 마누라도 말려댔고……"

"죄송합니다."

"하긴, 이사 가고도 속 많이 썩었지. 우편함에 날아드는 고

지서하며 방에 두고 간 쓰레기들……. 하도 냄새나는 통에 내 돈을 써서 치웠다고. 에잉……."

"그럼 다른 이웃들 하고도 안 친했겠군요?"

"당신 같으면 친하고 싶겠소? 우리 A동이 모두 여섯 가구인데 두 가구는 비었고 또 두 가구는 주말부부가 살았지. 나만 우리 마누라하고 종일 집에 붙어 있었는데 마주치기도 싫었어."

"……."

"다시 한번 죄송합니다."

창규는 공손한 인사와 함께 일어났다. 여기서 더 건질 건 없을 것 같았다.

"이봐, 젊은이."

막걸리 할아버지가 돌아서는 창규를 불렀다.

"예?"

"내 당신 형이라는 인간 봐서는 말도 붙이고 싶지 않지만 보아하니 동생이 속 꽤나 썩는 거 같으니……."

막걸리 할아버지가 폴더폰을 열었다. 띄엄띄엄 버튼을 누르니 사진 한 장이 나왔다.

"당신 형님하고 그 젊은 외국 여자야."

"……."

"맞아?"

"예? 예……."

창규의 시선은 사진에 박혀 있었다. 사진은 두 장이었다. 장성갑이 리엔의 머리채를 끌고 현관문으로 들어오는 장면이었다. 또 다른 한 장은 현관 앞에 쓰러진 리엔을 짓밟는 사진. 보는 것만으로도 분노가 치미는 사진이었다.

"내 말 맞지? 자네 형님, 인간이 아니야."

"이 사진……."

창규는 참담한 목소리로 뒷말을 이었다.

"저한테 좀 주실 수 없으십니까?"

"미안하지만 난 전화 걸고 받는 것밖에 못 해. 재주 있으면 자네가 알아서 해."

허락이 떨어졌다. 창규는 문자를 통해 사진을 전송했다.

"저 아래 큰 사거리에 가면 핸드폰 가게가 있어. 거기 가봐. 뚱뚱한 여사장이 있는데 그 말종이랑 친한 눈치더라고. 나한테도 핸드폰 사려면 거기 가라고 할 정도였으니까."

"고맙습니다."

다시 인사를 하고 발길을 돌렸다. 걸음이 아팠다. 마치 창규 자신이 폭행을 당한 것만 같았다. 기구한 운명의 리엔. 중국 남자에게 속고, 그다음에 만난 구세주는 다시 한국의 주폭. 그녀의 마음이 얼마나 참담했을까 생각하니 분노가 왈칵 치밀었다.

장성갑.

송규태와 미엔의 파혼을 위한 매개체에 불과했던 인간. 하지만 이제는 창규의 분노가 겨누는 과녁으로 변하고 있었다.

"어서 오세요!"

핸드폰 대리점에 들어서자 여사장의 목소리가 들려왔다. 풍만한 몸매의 40대 초반의 여자였다.

"핸드폰 바꾸시게요?"

"아, 예… 가격 좀 알아볼까 하고요."

창규가 대답했다. 그 눈에 여사장이 먹다 만 라면 냄비가 들어왔다. 어차피 핸드폰을 사려는 건 아니었으니 바로 쌍식귀를 풀어놓았다.

[장성갑]

식귀1과 2를 동시에 몰아쳤다. 산맥처럼 튀어나온 건 라면이었다. 이 여자의 주식이다. 라면은 다른 모든 것을 합친 것보다 많았다. 특용에서는 정액이 파일이 컸다. 이 여자는 오르가즘에 오를 때면 남자의 페니스 속에 든 흰 액체를 과격하게 흡입하는 스타일이었다.

'우엑.'

두어 번 확인하는 것만으로도 오바이트가 쏠렸다.

"……?"

다시 리딩을 이어가던 창규가 고개를 들었다. 막걸리 할아버지에게 당한 걸까? 여사장에게는 장성갑의 자료가 하나도 없었다.

응?

그럴 리가?

혹시 둘이 만날 때마다 먹은 게 없는 걸까? 둘이 만날 때는 대화와 육욕위주? 정신 줄을 세우고 한 번 더 몰아쳤다. 결과는 똑같이 나왔다. 먹성이 좋은 그녀. 식귀1과 2 둘 다 빵빵한 카테고리를 갖췄지만 장성갑과의 섭취물은 침 한 방울 없는 것이다.

그렇다면 미엔?

버리는 카드 삼아 미엔을 넣었다. 그것 역시 연관이 없었다.

"……"

창규의 몸에서 맥이 쭉 풀려 나갔다. 보기만 하면 몰아쳐 장성갑의 거처를 알아내려던 창규. 이쯤 되면 막걸리 할아버지의 실수거나, 소심한 복수가 틀림없었다. 장성갑에게 당한 것을 '동생' 창규에게 대갚음한 것.

그때 창규 눈에 여사장의 테이블이 들어왔다. 테이블에 올려진 노트북… 그리고 라면 냄비 옆에 펼쳐져 있는 것… 장르소설이었다. 책의 저자 이름이 시선을 끌었다.

'해저문기억.'

창규도 더러 장르소설을 읽은 적이 있었다. 그 작가들은 기발한 필명을 사용한다. 아니, 어쩌면 필명이라기보다 포탈의 닉네임 같은 경우도 많았다.

'어쩌면 장성갑도……'

가명을 사용?

가만히 짚다 보니 양학수의 소송 건이 떠올랐다. 그때 신문사의 사주도 개명을 했었다.

OK!

전열을 정비한 창규가 화면을 열었다. 아까 막걸리 할아버지에게 받은 사진이었다. 그걸 장성갑만 보이도록 맞춘 다음 여사장에게 내밀었다.

"이분 아시죠?"

단도직입적으로 질어버리는 창규.

"어머!"

안다는 신호가 왔다.

"저희 형님 친구인데 여기 가면 핸드폰 싸게 준다고 해서요."

창규가 떡밥을 던졌다.

"어머, 최 사장 친구 동생이에요?"

최 사장?

"예……."

일단 얼버무리는 창규.

"최완규 사장 지금 어디 있어요? 이 인간이 한몫 잡았다더니 바로 발길을 끊네?"

"그건 저도 잘 모릅니다. 형님에게 핸드폰 얘기했더니 여기 가보라고 해서."

"가까운 데 살아요?"

"아뇨. 지나는 길에 들렀습니다."

"어머, 이렇게 고마울 데가… 그럼 내가 최저가로 견적 뽑아 볼게요. 원하는 모델을 말씀하세요."

"물론 최신 폰이죠."

반색하는 여사장에게 맞장구를 치며 다시 한번 쌍식귀를 출격시켰다.

[최완규]

장성갑은 본명을 쓰지 않았다. 그래서 쌍식귀가 헛발질을 했던 것이다.

'웃!'

자료는 바로 나왔다. 막걸리 할아버지 말처럼 둘은 각별한 사이였다. 술도 먹고, 밥도 먹고, 욕정도 먹었다. 장성갑이 리엔에게서 마음이 떠난 것. 바로 이 여자 때문이었다. 처음에는 순진해서 좋았던 리엔. 그러나 목석같은 잠자리 때문에 흥미가 나지 않았다. 그때 대포 폰을 구하러 나왔다가 이 여사장 최영애를 만났다.

"나도 최씬데……."

장성갑의 이름은 즉석에서 최완규가 되었다. 본관도 즉석에서 강릉 최씨로 정했다. 여사장이 그렇기 때문이었다.

며칠 공들인 끝에 대포 폰을 손에 넣었다. 최영애도 손에 넣었다. 젊을 때 술집에서 일했던 최영애. 안산으로 내려온 후로 남자를 만나기 힘들었다. 어쩌다 알바하는 남대생을 꼬셔봤지만 오래 가지 않았다. 무엇보다 그들은 여자 등산에 서툴렀다.

그런 차에 만난 장성갑은 가뭄 끝의 단비였다. 오랜 중국 생활에 뻥을 가미한 장성갑의 구라도 최영애 스타일에 맞았다. 여체 컨트롤은 더욱 그랬다. 둘은 그쪽 궁합이 환상이었다. 최영애가 오르가즘에 도달할 때 내는 신음과 몸서리는 장성갑에게도 커다란 쾌감이었던 것.

최영애는 장성갑에게 뻑 가고 말았다. 그러나 어느 순간 장성갑은 최영애의 품을 떠났다. 일주일에 서너 번씩 오던 발길이 끊어진 것이다.

"최완규 형님하고 친하세요?"

노트북을 두드리는 최영애에게 넌지시 말문을 여는 창규.

"친한 줄 알았는데 알고 보니 내 생각이었던 모양이에요."

"그 형님 외국 여자가 있었는데 혹시 아세요?"

"뚜앙?"

"예?"

"그 여자 이름이 뚜앙이에요. 그렇다고 했어요."

"……."

"지금은 그 여자 버렸을걸요? 그때도 얼굴 점 때문에 재수
털린다고 타박이었으니……."

[뚜앙]

그 이름을 넣어보았다. 자료는 없었다. 리엔과는 만난 적이
없는 모양이었다. 여기서 뚜앙이라는 이름이 나온 건 이유가
있었다. 창규는 나중에 그걸 알게 되었다.

[최완규]

[최근]

두 개의 옵션을 넣어 섭취물을 찾았다. 바닷가의 횟집이 나왔다. 한갓진 바닷가의 차 안에서 한바탕 서로의 육욕을 먹고 나온 후였다. 회를 먹고 술을 먹었다. 다른 때의 회보다 비싼 주문이었다.

"최 사장님이 웬일이래?"

최영애가 회를 상추에 싸며 물었다.

"내가 뭘?"

"오늘 무리하잖아?"

"무리 같은 소리. 나 원래 이런 사람이야. 그동안 자금줄이 좀 딸려서 그랬지."

"큰 건 땡기러 간다더니 잘된 모양이네?"

"용돈 좀 땡겼지."

"그런데 뚜앙 선물 안 샀어?"

최영애가 고개를 기웃거렸다.

띠링리링!

그때 장성갑 핸드폰에 문자가 들어왔다. 문자를 확인하는 장성갑. 창규의 눈도 거기서 커졌다. 바탕 화면에 여자 사진이 보였다. 리엔은 아니었다.

[오빠 오늘 오는 거야?]

여자의 문자였다.

[지금 가신다. 거기 잘 씻고 기다려라.]
[숙대 앞에 가있을까?]
[옛날 만나던 곳?]
[응.]
[그냥 집에 있어라. 주소 찍어놓고.]
[알았어. 나 오빠가 좋아하는 가터벨트 사놨다.]

발신자는 임희숙이었다. 창규는 이어 들어온 주소와 전화
번호를 필사적으로 리딩했다.

"됐고… 그만 가자고."

문자에 답한 장성갑이 일어섰다.

"벌써?"

"또 보자고."

그렇게 멀어졌다. 지금으로부터 8개월 전, 장성갑이 이사
간 날 밤이었다.

—서울 용산구 청파로.

오케이!

창규가 주먹을 불끈 쥐었다.

"어, 그냥 가요?"

견적을 뽑던 여사장이 일어섰다.

"아, 예… 신분증을 안 가져와서… 근간 다시 올게요."

창규는 거침없이 문을 나섰다.

*   *   *

숙대 앞.

효창공원이 가까웠다. 창규도 가본 적이 있었다. 백범 김구 선생 기념관이었다. 임회숙의 주소에 도착했다. 원룸빌딩이었다. 일단 주변의 자가용부터 체크했다. 차적을 조회한 것이다. 보이는 차량의 주인 중에 임회숙과 장성갑은 없었다.

8개월이 지난 시간.

어쩌면 이사를 갔어도 두어 번은 갔을 세월.

뭐든 이렇다. 손에 닿을 듯싶지만 잘 닿지 않는다. 그래도 실망하지 않았다. 그렇기에 이 일이 더 가치가 있는 것이다. 사무실에 앉아 서류 몇 장 받아 들고 나서는 변론. 잘될 리가 없다. 그래서 얻은 건 68패의 상흔밖에 없었다.

어쩐다?

원룸 빌딩을 올려다보았다. 5층짜리 평범한 곳이다. 혹시나 싶어 우편함을 체크했다. 몇 곳이 비어 있지만 꽂힌 우편물 중에도 그들의 흔적은 없었다.

잠시 후에 사무장의 연락이 왔다. 임희숙에 관한 정보였다.

"거기 전입된 사실이 없다는데요?"

기대는 또 한 번 빗나갔다. 젊은 사람, 특히 여자일수록 전입을 하지 않는 경우가 많았다. 임희숙도 그런 케이스였다.

날이 저물자 상길이 도착했다. 사무장이 보낸 눈치였다.

"제가 잠복에는 일가견이 있잖습니까? 전에 석계수 소송 범인을 시작으로… 사무장님께 노하우를 전수받았거든요."

이미 사무장에게 엄명을 받고 나온 눈치. 별수 없이 장성갑, 리엔의 사진과 함께 임무를 넘겨주었다.

"혹시라도 보면 바로 연락해 줘."

당부를 남기고 돌아섰다.

그날은 그렇게 저물었다.

다음 날도 그랬다. 또 다른 차량들 번호를 조회했지만 흔적은 나오지 않았다. 별수 없이 공세로 나갔다. 원룸에서 나오는 사람들을 붙잡고 사진 출력물을 들이댄 것. 그 역할은 사무장이 맡았다. 남자보다는 여자가 나서는 게 경계심이 덜하기 때문이었다.

"어, 이 사람……."

날이 저문 후, 술 한잔 꺾은 아가씨가 반응을 보였다. 옆에는 그녀의 남자 친구가 동행하고 있었다.

"아세요?"

사무장이 물었다.

"그런데 왜?"

아가씨는 경계의 날부터 세웠다. 남의 일에 끼어들었다가 험한 꼴 당하는 사람이 한둘일까? 아가씨는 그걸 기억하고 있었다.

"제 오빠예요. 집 나간 지 오래돼서……."

사무장이 노련하게 둘러댔다.

"4층 여자랑 올라가는 거 몇 번 봤어요."

"그래요? 주로 언제쯤……."

사무장이 물을 때 남자 친구가 돌발 발언을 토했다.

"그 여자는 지금 저 앞 편의점에 있던데?"

"……!"

그길로 편의점으로 달렸다. 임희숙이 있었다. 장성갑의 핸드폰 화면에서 본 그 얼굴이었다. 그녀는 카운터에서 계산을 하는 중이었다.

"사무장님."

창규가 말했다.

"예?"

"저 여자예요. 주변은 내가 돌아볼 테니 붙잡고 말 좀 시키세요."

"무, 무슨 말을요?"

"뭐라도요. 알았죠?"

창규가 사무장 등을 밀었다.

"저기요."

사무장이 임희숙의 길을 막았다. 그사이에 창규는 서둘러 쌍식귀 리딩을 시작했다.

[장성갑]

[둘의 최초 섭취물]

옵션을 넣자 술집이 나왔다. 강북의 노래 주점이었다. 둘의 시작은 맥주와 과일 안주였다. 주점 도우미와 손님 신분으로 만난 것이다. 자주 만났다. 한때는 동거도 했다. 장성갑이 중국으로 튀기 직전이었다. 이후로 만나지 않던 두 사람, 장성갑이 한국으로 돌아온 지 두 달 만에 재회를 했다. 집 밥(?)만 먹다 보니 외식이 생각난 장성갑이었다.

"어머, 오빠!"

오랜만에 찾아온 장성갑. 노래방에 들어서던 임희숙은 반색을 했다. 지명 손님이라기에 누군가 했는데 장성갑이 등장한 것이다.

"어디로 잠수 탔다 온 거야?"

"미안, 내가 중국에서 사업을 좀 벌이다 보니……."

"중국? 난 또 사채 쓰고 못 갚아서 섬 양식장에서 굴이나 따고 있나 했네."

섬!

그 단어가 장성갑의 악마성(惡魔性)을 깨웠다. 그렇잖아도 돈이 궁해 임희숙을 찾아온 그. 잊었던 기억이 떠오른 것이다.

"야, 너 걔들 안다고 했지? 섬 인력 소개소?"

장성갑이 물었다. 일은 일사천리였다. 남해의 섬에 일손이 딸리는 양식장이 수배되었다. 너무 외져 외부 인부들이 외면하는 곳. 주인의 성질머리도 더러워 혹시 오더라도 두 달을 못 넘기는 곳……

"건수 생겼어?"

임희숙이 착 달라붙었다. 이미 인생의 밑바닥을 기고 있는 두 사람. 오랜만에 만나도 그 본성은 그대로였다.

"커미션 30%."

임희숙이 못을 박았다.

"오케이, 콜! 대신 오늘은 무료 봉사?"

"좋아."

둘이 꾸미는 음모의 밤은 그렇게 깊어갔다.

얼마 후. 둘은 다시 만났다. 이번에는 안산이었다. 리딩 정보는 '옻닭'을 통해 이어졌다.

"이거."

옻닭을 먹던 임희숙이 쇼핑백을 내밀었다.

"내 선물?"

"아니, 걔 선물."

"리엔?"

"리엔인지 니에민지는 모르겠고… 갖다 줘. 그래도 불쌍하잖아? 맨날 개 패듯이 패댔다며……."

"불쌍은… 씨발… 나 정도 되니까 데리고 사는 거지."

"누가 더 잘해?"

임희숙이 느닷없는 질문을 들이댔다.

"뭐?"

"밤일."

"그거야 니가 백배 낫지. 걔는 그냥 통나무다 통나무."

"진짜?"

"당연하지."

"알았어. 일 끝내면 바로 전화 때려. 딴 데로 새면 내가 청부 풀 줄 알아."

그날 밤, 장성갑은 한국에 온 뒤로 최초로 선물을 들고 귀가했다. 리엔을 때리지도 않았다. 리엔에게 맹세도 했다.

"나 이제 다시는 너 안 때릴게."

"정말요?"

리엔, 여기저기 멍이 든 몸으로 반색을 했다.

"그래. 대신 어디 여행이나 가자. 가서 마음 각오 다지고 우리도 인간처럼 살아봐야지."

장성갑이 리엔의 멍을 어루만졌다.

"여보……."

"아, 울기는… 어우, 이 멍 좀 봐. 예쁜 얼굴 다 망쳤네. 내가 미쳤지. 많이 아프지?"

"여보……."

리엔의 볼은 눈물로 젖었다. 처음 만날 날 자상하던 장성갑. 그 모습이 거기 있었다. 리엔은 행복에 겨워 장성갑의 가슴에 안겼다. 그의 머릿속에 돈 계산이 가득한 것도 모른 채.

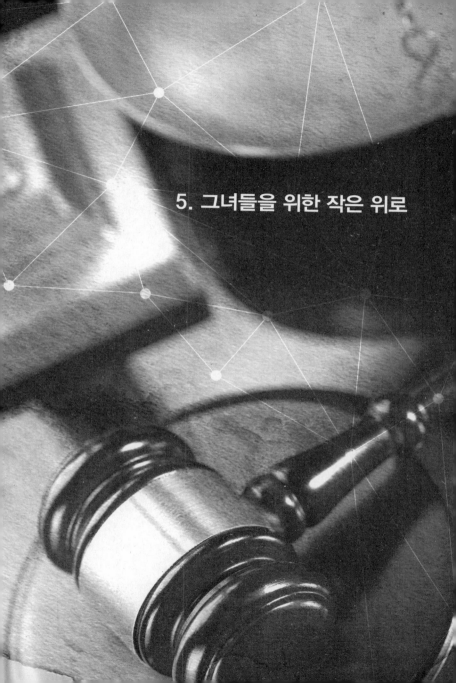

5. 그녀들을 위한 작은 위로

"하아!"

창규가 숨을 골랐다. 악마의 천사 역할. 그 뻔한 연출을 보는 것도 쉬운 일은 아니었다. 하지만 분노에 휩싸일 때가 아니었다. 다시 리딩 속도를 높였다.

이어진 정보의 먹거리는 양주였다.

"카야! 역시 양주라니까."

장성갑의 신음이 질펀하게 나왔다.

"원샷!"

잔을 든 임희숙도 들뜬 모습… 원샷을 한 임희숙이 손을 내밀었다.

"내 몫."

"아, 진짜……."

"계산은 확실한 게 좋잖아?"

"알았다, 알았어. 우리 사이가 고작 이거다 이거지?"

"아니, 나도 빚 때문에 그러지. 대신 오늘 밤 죽여줄게."

"자!"

장성갑이 돈뭉치를 올려놓았다.

"2년 치 선금 받았어?"

"그래. 1년만 하자는 거 그럼 도로 데려간다고 튕겼더니 내놓더라고."

"한 달에 180?"

"외국인이라고 최저임금으로 가자더라. 끄트머리 섬에 살아도 그런 건 빠삭하더라고."

"좋아. 여기 술값은 내가 낼게."

임희숙이 5만 원권 두 뭉치를 챙겼다. 대략 1,000만 원으로 보였다.

"……."

악랄한 두 인간, 리엔을 섬에 팔아 치운 모양이었다. 2년 치 임금을 선불로 받아 챙기고…….

마지막 옵션을 넣었다.

[최근 장성갑]

그걸 넣자 장성갑이 나왔다. 바로 직전, 바로 여기, 편의점의 파라솔이었다. 임희숙과 하이네켄 하나씩을 놓고 마시던 장성갑. 실수로 맥주 캔을 쓰러뜨렸다. 맥주가 테이블에 흥건하자 안에다 대고 소리를 질렀다.

"야, 여기 좀 닦아!"

안에서 여학생 알바가 나왔다. 그녀는 신문지를 겹쳐 물기를 빨아냈다. 그때 장성갑의 눈이 휘둥그레 변했다.

"잠깐!"

"왜?"

장성갑이 경기를 하자 임희숙도 시선을 주었다.

"······!"

장성갑의 시선이 뒤집어지고 있었다. 신문 속의 사진 때문이었다. 거기 애정을 과시하며 찍힌 사진 하나⋯ 송규태와 미엔이었다. 장성갑은 여학생을 밀치고 신문을 집어 들었다.

"리엔⋯⋯."

두 손이 떨렸다. 기사에 난 이름은 분명 리엔이었다. 볼을 확인했다. 점도 두 개가 맞았다. 게다가 청승맞게 좋아하던 머리의 흰 연꽃⋯ 장성갑의 두 눈에 불똥이 튀었다.

'이년이 어떻게?'

"왜 그래?"

속을 모르는 임희숙이 눈을 흘겼다. 그녀는 리엔을 본 적이 없었다. 그런 베트남 여자가 있다는 것만 알 뿐이었다.

"이년……."

장성갑의 손이 사진 속 리엔을 가리켰다.

"베트남 여자?"

"그년이야!"

"섬에 팔아넘긴?"

"쉿!"

"……!"

"아, 씨발… 대체 어떻게 된 거야?"

장성갑이 머리통을 벅벅 긁어댔다.

"애 탈출한 거야?"

"쌍, 그걸 내가 어떻게 알아?"

"왜 나한테 성질내고 지랄이야?"

"에이, 씨발……."

장성갑이 치켜들었던 손을 겨우 내려놓았다.

"뭐야? 그럼 우리 잡혀가는 거야?"

"이건 꼭 말을 해도 재수 털리게……."

"아니면? 너 같으면 그냥 넘어갈래? 인신매매잖아?"

임희숙의 앙탈을 뒤로 한 채 장성갑은 기사에 눈을 박았다. 상황 파악에 나선 것이다.

"결혼한 지 네 달?"

임희숙이 기사를 보며 말을 이었다.

"그럼 신고는 안 할 거 같네. 할 거라면 바로 했겠지… 안 그래?"

"야, 이 새끼 유명하냐?"

장성갑이 송규태를 짚었다.

"영화 안 봐? 대박 작품은 없지만 실력 있다고 소문난 사람 이야."

"그럼 쩐도 많겠군."

"그거야……."

"아싸!"

따악!

장성갑, 표정이 변하더니 허공에 대고 손가락을 튕겼다.

"뭐가?"

"잘하면 우리 대박 하나 터뜨릴 수 있겠다."

"대박? 수갑이 아니고?"

"미친년, 궁뎅이는 잘 돌리면서 대가리는 왜 그렇게 안 돌아 가? 이년이 어쩌다 이놈을 만난 모양인데 신고는 안 하고 결혼을 했다, 그래도 대가리가 안 도냐?"

"아, 씨발… 요점만 말해."

"내 말은… 이년하고 나하고 혼인신고는 안 했잖냐? 하지만 같이 살았으니 사실혼 관계지."

"섬에다 팔아 처먹은 주제에 사실혼은……."

"씨발 년, 너는 그 돈 안 먹었어?"

"알았어, 씨파… 그래서?"

"이 새끼가 그 사실을 알겠냐? 모르겠지. 이년은 이 새끼가 그 사실을 알기를 바라겠냐? 아니겠지. 봐라, 행복해 죽으려는 표정… 이제 감이 좀 밀려 오냐?"

"그러니까 오빠 말은 애 협박해서 돈 좀 긁어내자? 너 돈 안 내놓으면 네 남편에게 네 과거를 다 까발린다?"

"씨발 년, 이제 좀 머리가 도네."

"우와, 오빠, 킹왕짱! 머리 잘 안 감는 거 치고는 존나 잘 돈다."

"내가 너 같은 줄 아냐? 이래 봬도 초등학교 때 100점만 받던 머리다."

"쳇, 초등학교 때 100점 못 받은 사람이 어디 있다고……."

"어디보자 남영동 자택이라면 집도 가깝구나. 알고 보니 이년이 복덩이였네 복덩이."

"복덩이?"

"신랑 돈 떨어지니까 바로 전주(錢主)를 몰고 나타나 주잖냐?"

"오빠가 걔 신랑이면 나는?"

"야, 말이 그렇다는 얘기지."

"에이 씨!"

"너 그거 마시고 맥주 좀 넉넉히 사서 먼저 들어가라. 나는 우리 예쁜 리엔 좀 만나보고 올 테니."

"지금?"

"이달 카드 막을 돈 없잖아? 보아하니 이 남편이라는 작자가 외국 로케를 밥 먹듯이 드나드는 모양인데 데리고 나가면 곤란하지. 거기까지 따라가긴 그렇잖아?"

임희숙의 어깨를 두드린 장성갑이 일어섰다.

'미엔에게?'

창규의 머릿카락이 쭈뼛 올라갔다. 아뿔싸, 둘이 마주치면 자칫 살인이 날 수도 있는 일… 창규는 뒤도 돌아보지 않고 그대로 뛰었다.

"저, 저……."

창규를 본 사무장이 입을 열었지만 뒷말은 하지 못했다. 거기다 대고 '변호사님'이라고 할 수는 없기 때문이었다.

부아앙!

가속을 하면서 미엔에게 전화를 걸었다. 그녀는 전화를 받지 않았다.

'젠장!'

둘이 벌써 만난 걸까? 애가 미칠 듯이 타들어갔다.

—언니가 살해당했다고 생각해 작심하고 한국에 온 미엔.

—섬에 팔아먹은 리엔이 돌아온 것으로 알고 돈을 뜯어내려는 장성갑.

두 불손한 의지는 타협의 여지가 없었다. 누구라도 엇나가면 대형 사고가 될 판이었다.

'젠장!'

신호에 걸렸다. 신호라는 놈은 언제나 이렇다. 겨우 이면도로에 접어들자 이번에는 편의점 배송차가 길을 막고 있었다.

'젠장!'

몇 번의 조바심 속에 겨우 송규태의 자택에 도착했다. 그동안 건 전화에도 미엔의 응답은 없었다.

"……!"

주차 공간을 찾던 창규의 눈에 서늘함이 스쳐 갔다. 장성갑의 차가 보인 것이다. 차는 불이 꺼져 있었다. 그에 비해 송규태의 정원과 거실에는 불이 켜진 상황.

이미 둘이 만난 걸까?

차에서 내릴 때 전화벨이 울렸다. 사무장이었다.

"미안해요. 내가 나중에 전화할게요."

짧게 속삭이고 통화를 끝냈다. 창규는 대문 쪽으로 움직였다. 거실에서 고성이 새어나왔다. 장성갑의 목소리 같았다.

어쩐다?

집을 바라보지만 담은 높았다. 그사이에 고함이 사라졌다. 오래지 않아 미엔이 뛰어나왔다. 그녀는 누군가에게 전화를 걸고 있었다. 창규는 재빨리 쌍식귀를 풀어놓았다. 사태가 어떻게 돌아가는지 알아야했다.

[장성갑]

옵션을 넣자 장성갑이 보였다.

장성갑과 미엔.

마침내 만났다. 작은 정원이었다. 샤워를 마치고 파라솔에 앉아 커피를 마시던 미엔. 장성갑을 확인하고는 들었던 컵을 놓치고 말았다. 발등에 커피가 쏟아졌지만 뜨거운 줄도 몰랐다.

"너 많이 예뻐졌다?"

장성갑의 손이 미엔의 볼로 올라왔다. 미엔은 차분하게 그 손을 밀어냈다. 피식 웃음을 머금은 장성갑. 미엔의 머리에 꽂힌 연꽃을 보고는 파라솔로 다가가 제 마음대로 앉았다. 한쪽 다리까지 꼬고서.

미엔은 약간의 거리를 두고 마주 섰다. 그녀는 그저 쏘아볼 뿐이다. 언니 리엔 때문이었다. 그녀는 아직 리엔의 안위를 알지 못하고 있었다.

"집 좋은데?"

장성갑이 히죽 누런 이를 드러냈다.

"……."

"남편 집이냐?"

"들어가서 얘기해요."

침묵하던 미엔이 입을 열었다.

"들어가서? 그거 좋지."

장성갑은 미엔의 엉덩이를 후려치며 앞장을 섰다.

거실이 나왔다. 풍경은 비슷했다. 장성갑은 제 집처럼 다리를 꼬고 있고 미엔은 그 앞에 서 있다.

"재주 좋다? 지옥에서 살아 오다니."

지옥!

그 말이 실수였다. 한국말을 하지만 능숙치는 않은 미엔. 지옥이라는 단어를 액면 그대로 받아들였다. 리엔이 죽은 것으로 생각한 것이다.

"나 원망했냐? 지옥에 보내줬다고?"

이죽거리는 사이에 미엔은 커피를 내놓았다. 물론, 독약을 넣은 잔이었다.

"나 참, 직접 보고도 믿기지 않네. 이리 와봐라. 귀신인지 사람인지 확인 좀 하게. 오빠 품이 그리웠지? 윽!"

커피를 넘기며 깐죽거리던 장성갑, 목을 잡고 꿈틀거렸다. 미엔은 그 앞에 서서 쏘아보고 있었다. 장성갑은 그제야 알았다. 미엔의 볼에 점이 하나뿐이라는 거. 늘 두 개로 찍고 살던 미엔. 방금 샤워를 하느라 지워져 버린 것.

"너… 억!"

장성갑은 비명을 지르며 거꾸러졌다. 한 발 더 다가선 미엔이 그의 얼굴을 내질러 버린 것이다.

"껵… 꺼억……."

장성갑은 목을 잡고 몸부림을 쳤다.

"우리 언니… 니가 죽였지?"

미엔이 눈에서 레이저가 쏟아졌다.

"껵… 껵……."

"불쌍한 우리 언니, 개처럼 패고……."

"껵……."

"그것으로도 모자라 죽이기까지 해? 이 나쁜 한국 놈 새끼야!"

"꺼억……."

"너 같은 놈은 죽어야 해. 우리 언니는 너 만나서 얼마나 행복해했는지 알아? 한국 사람은 너무 따뜻하다고. 나보고도 꼭 한국 사람이랑 결혼하라고 했단 말이야."

"꺼어……."

장성갑의 눈이 뒤집히고 있었다. 그도 실은 미엔의 존재를 몰랐다. 중국인과의 국제결혼에 속은 언니가 가족 관계에 대해 침묵한 까닭이었다. 엄마 아빠도 없는 고아라고 둘러댄 까닭이었다.

"죽어, 불쌍한 우리 언니 죽였으면 너도 죽어야 해. 그러니까 죽으라고!"

"그… 그… 끄윽!"

버둥거리던 장성갑은 끝내 거품을 뿜으며 의식을 잃었다.

"……!"

그제야 미엔, 무슨 일이 일어났는지 알게 되었다. 그렇게 찾고 싶던 남자. 그렇게 알고 싶던 언니의 소식. 그러나 두 소식의 끝은 장성갑의 죽음뿐이었다. 장성갑의 얼굴은 흑색으로 변해가고 있었다. 그걸 보자 미엔의 정신이 살짝 돌아왔다.

비로소 깨달았다. 자신이 무슨 일을 벌인 건지. 하지만 애당초 시나리오에 있던 일. 미엔은 베트남 남자 바오를 떠올렸다. 만약을 위해 알아둔 사람. 장성갑을 치우려면 그의 도움이 필요했다. 그래서 전화를 걸며 정원으로 나온 미엔이었다.

"미엔!"

창규가 정원을 향해 소리쳤다.

"……!"

미엔이 놀라는 게 보였다.

"문 열어요. 안에 장성갑이 있는 거 알아요!"

"……"

"약을 먹인 것도 알아요. 빨리 열어요. 그 사람 죽기 전에!"

"……"

"미엔, 당신 언니는 죽지 않았어요. 지금 섬에 갇혀 있어요. 장성갑이 언니를 팔아먹었다고요."

"거짓말……"

"정말입니다. 언니는 섬에서 강제 노동을 하고 있다고요."

"거짓말… 저 사람이 말했어요. 언니를 지옥으로 보냈다고."

"그 지옥은 미엔이 아는 그 지옥이 아니에요. 한국 사람들은 힘든 일이나 기억을 지옥 같다고 표현한다고요."

"……"

"어서 열어요. 아니면 언니가 돌아와도 당신이 지옥으로 간다고요. 교도소라는 지옥."

"……"

"어서, 어서요. 이건 렌동의 명령이에요!"

"렌동?"

"그래요. 렌동… 한국의 무당……"

창규가 화면을 내밀었다. 무당이 찍힌 그 사진이었다.

"……"

"미엔… 제발… 한국의 무당이 다 점지했어요. 그게 아니면 내가 어떻게 알겠어요."

"한국의 렌동이 말했어요? 우리 언니 살아 있다고?"

"맹세해요. 지금 저 아래 지방의 섬에 있어요. 언니 안 볼
거예요?"

그 말이 미엔의 마음을 흔들었다. 주저하던 미엔이 발길을
뗴었다. 미엔은 결국 문을 열었다. 창규는 거실을 향해 뛰었
다.

"⋯⋯!"

장성갑은 의식불명이었다. 얼굴도 판다처럼 변해가고 있었
다.

"해독제 주세요. 어서!"

"⋯⋯."

"언니 안 볼 거예요?"

"⋯⋯."

"이 사람이 죽으면 언니 못 찾아요. 이 사람이 언니를 섬에
다 팔았다고요."

"알았어요."

미엔이 방으로 달렸다. 창규는 그녀가 가져온 해독제를 받
아 장성갑에게 먹였다. 그리고는 겨우 숨을 돌리는 창규였다.

"감독님은 언제 와요?"

"며칠 안 와요. 지금 일본 로케를⋯⋯."

"그건 다행이군요."

창규의 시선이 장성갑에게 향했다. 원래는 경찰을 불러야 하는 상황. 하지만 그렇게 되면 미엔은 살인미수로 수갑을 받을 판이었다. 119라도 불러서 이 말종부터 수습해야 하나 고심할 때 장성갑의 입에서 신음이 새어나왔다.

"으으……."

해독제의 효과는 놀라웠다. 30분도 되지 않아 장성갑의 의식이 돌아오기 시작했다. 이렇게 되면 미엔의 구속을 막을 길이 열린 것이다.

"미엔."

"예?"

"독버섯 독약 다 내놔요."

"그걸 왜?"

"아니면 당신은 교도소에 가요. 계획적인 살인 시도이기에 유죄 판결을 받을 경우 무기징역도 받을 수도 있어요."

"나는……."

"다 가져와요. 당신 차에 있는 것과 목각 인형 속에 있는 것 전부!"

족집게 같은 창규의 말에 미엔의 눈이 휘둥그레졌다.

"그걸 어떻게……."

"한국 무당의 뜻이라고 했잖아요?"

"……!"

그 말이 먹혔다. 미엔은 독극물을 전부 꺼내 놓았다. 미엔이 보는 앞에서 독극물을 버렸다. 마지막 한 방울을 버리며 창규가 말했다.

"송규태 감독 죽이려던 생각도 함께 사라진 겁니다."

"……?"

"당신은 처음부터 독극물이 없었던 거라고요. 여기 이 인간은 그냥 몸이 안 좋아서 이런 거고."

"……."

"내 말 안 들려요?"

"네? 네……."

"물 가져와요."

창규가 정수기를 가리켰다. 그 물은 장성갑에게 먹였다. 그걸 마시고 정신이 들었을 무렵, 장성갑의 눈에 낯선 사람들이 들어왔다. 창규와 사무장. 그리고 또 다른 두 명은 경찰이었다.

"당신을 폭력과 인신매매 혐의로 체포합니다. 진술 거부권이 있고 변호사 선임권이 있는데 이분도 변호사지만 당신 변론은 관심 없다고 하시는군요."

수갑을 내민 사람은 행복서 강력 팀장 이준모였다.

철컥!

장성갑은 돈 대신 팔찌를 받았다. 번쩍이는 새 수갑은 무료였다.

*　　　　*　　　　*

바다다다다!

바다 위를 통통선이 달렸다. 배 위에는 창규와 상길, 이준모와 형사에 더불어 장성갑이 보였다. 물론 미엔도 있었다. 그녀는 뱃머리에서 앞을 보고 있었다.

이준모는 다음 날로 장성갑을 대동하고 나섰다. 장성갑이 목과 위의 통증을 호소했지만 진통제로 때웠다. 원래는 병원 신세를 지며 가료해야 마땅할 일이지만 창규가 진실을 밝히지 않았다. 장성갑 역시 고통은 있지만 그게 독극물에 의한 것인지는 상상조차 못 하고 있었다. 그래도 장성갑은 반가운 얼굴을 보고 내려왔다. 공범 임희숙이 검거된 것이다.

리엔이 팔려간 섬은 크지 않았다.

"어디야?"

배가 멈추자 이준모가 장성갑을 다그쳤다.

"저기……."

장성갑의 시선이 염전으로 향했다. 거기 두 사람이 보였다. 그늘 아래서 담배를 피우며 쉬고 있는 노인과 뙤약볕을 받으

며 가래질을 하고 있는 가녀린 여자. 그녀를 본 미엔이 부르
르 떨었다.

"찌 어이!"

베트남어와 함께 미엔이 폭주하기 시작했다. 리엔은 돌아보
지 않았다. 그녀의 몸은 말이 아니었다. 이곳에 온 후로 하루
14시간 이상 중노동에 시달렸던 것. 그것뿐이면 좋았다. 먹거
리는 밥과 김치뿐이었고 노인은 걸핏하면 성추행에 버금가는
추태를 일삼았다. 그나마 초기에 리엔이 강력하게 저항했기에
성폭행의 꿈은 접은 노인이었다.

"찌 어이!"

가래질을 하던 리엔이 동작을 멈췄다. 바람이 귀에서 헛도
는 걸까? 요즘 들어 헛소리가 자주 들리는 리엔. 어깨에 두른
낡은 수건으로 이마의 땀을 닦았다. 바로 그때, 저만치서 달려
오는 신기루가 보였다.

"찌 어이……."

언니…….

미엔의 목소리였다. 4살 어린 미엔. 리엔을 잘 따랐었다. 미
엔은 머리가 좋았다. 한국말을 배우고 싶어 했다. 하지만 시내
의 학원을 다니려면 돈이 많이 필요했다. 리엔이 중국으로 시
집간 것도 그 때문이었다. 아버지의 어부 생활로는 입에 풀칠
하기 바빴다. 영특한 미엔을 아꼈던 리엔, 그녀에게 공부를 시

키기 위해 나이 많은 중국 사람과 결혼을 했던 것.

그렇게 베트남 고향을 떠나온 리엔. 중국에 닿는 순간부터 인생이 고달파지기 시작했다. 베트남에서는 그렇지 않았다. 비록 가난했지만 미엔과 함께 있으면 웃음꽃이 지지 않는 자매였다. 착하고 말 잘 듣던 미엔. 서러울 때마다 생각나던 착한 동생. 그 동생이 저만치서 달려오고 있었다.

엄마…….

동생이 달려오는데 일찍 죽은 엄마 생각이 났다. 장성갑에게 모진 매타작을 받아 시큰거리는 갈비뼈. 최근 들어서는 통증이 심해 밤잠도 제대로 자지 못하는 리엔. 이쯤에서 고단한 생이 접히는가 싶었다. 베트남의 그리운 고향. 그 속의 한 풍경이 보이다니…… 이제 이 지친 육신이 엄마 곁으로 가려나? 리엔은 가래를 놓았다. 그리고… 뜨거운 햇빛을 받으며 그대로 넘어갔다.

"찌 어이!"

미엔의 외침이 긴 삭풍이 되어 리엔을 스쳐 갔다.

송규태와 미엔의 이혼은 그렇게 정리가 되었다. 미엔은 언니 리엔을 데리고 베트남으로 돌아갔다. 처음, 송규태는 이혼에 동의하지 않았다. 그는 미엔의 살인미수를 몰랐다. 경찰도 몰랐다. 창규가 미엔의 독극물 이야기를 발설하지 않은 것이다.

"나는 리엔 없이 못 삽니다."

송규태의 집, 그는 동행한 창규 앞에서 미엔을 부여안고 말했다. 미엔이 그 손을 뿌리쳤다.

"리엔?"

놀란 송규태가 고개를 들었다.

"내 이름은 리엔이 아니라 미엔이에요."

미엔의 표정은 더 이상, 정다운 어린 신부가 아니었다. 송규태가 손을 내밀면, 자동으로 안겨와 웃어주던 미엔은 거기 없었다.

"나는 당신을 사랑하지 않아요."

미엔이 선을 그었다.

"말도 안 돼. 당신은……"

"언니를 찾기 위해… 당신에게 매달린 것뿐이에요."

"……"

"당신도 나를 사랑한 건 아니에요. 정말 나를 사랑했다면 나를 그렇게 다루진 않았을 거예요."

"……"

"당신에게 나는… 하나의 장난감이자 성노예에 불과한 것 아니었나요?"

"……"

송규태가 휘청거렸다. 이론의 여지가 없는 말이었다.

거기서 창규가 일기장을 건네주었다. 미엔에게서 받은 것. 그러나 창규가 섭취물 리딩을 이용해 알아낸 내용. 일기장을 받아 든 송규태는 석고상이 되어 움직이지 못했다.

일기장.

그 한 부분…….

거기 적힌 미엔의 속마음이 적나라한 창이 되어 송규태의 양심을 찌르고 있었다.

수치스러워.

내 여성은 날마다 모독을 당해.

나는 밤이 두려워.

당신은 밤마다 내 여성을 죽이고 나는 그때마다 상상 속에서 당신을 죽여.

예술혼이 살아 있는 사람이라고? 당신은 추한 욕망덩어리일 뿐이야.

하지만 괜찮아. 언니를 찾을 수 있다면… 언니 소식을 알 수 있다면…….

그때까지는 참아줄게. 인간쓰레기 송규태.

툭!

일기는 송규태의 발등에 떨어졌다. 창규가 집어 들었다.

"미엔의 변호사로서 말씀드리는데 미엔의 결심은 확고합니다."

창규가 송규태를 바라보았다. 그는 소리 없는 경련으로 치닫고 있었다. 사지가 떨린다. 특히 마지막 단어, '인간쓰레기'가 치명타였다.

"그러나 미엔은, 당신이 한국으로 데려와 준 데 대한 고마움은 간직하고 있습니다. 덕분에 언니 리엔을 찾게 되었으니까요."

"……."

"이 일기는 공개하지 않을 겁니다. 당신은 그저 미엔의 요구에 응해주기만 하면 됩니다."

미엔의 요구는 이혼이었다. 동시에 창규의 요구이기도 했다.

"윽!"

송규태는 결국 가슴을 싸안고 무너졌다. 부부 사이일 때는 그저 은밀한 침실. 그 안에서 무슨 일이 일어나건 상관없는 일. 그러나 거기에도 선은 있었다. 사랑의 방법과 용인에도 한도가 있었다. 송규태는 그걸 많이 넘었다. 발기불능으로 인한 욕구불만. 그걸 받아주는 지구상 단 한 사람의 여자. 그 어린 신부를 대상으로 자행한 여체 탐구는 인격 모독이자 여성상 모독이 되고도 남을 정도로 지나쳤던 것이다.

장성갑과 임희숙은 당연히 구속되었다. 장성갑에게 리엔을 사들인 섬마을 양식장, 염전 주인도 구속되었다. 마무리는 창규가 맡았다.

섬마을 주인에게서 리엔의 임금을 받아냈다. 최저임금에 시간외 수당, 위자료 등을 적용해 6천만 원의 합의였다. 지옥을 경험한 리엔에게는 부족하겠지만 그녀들을 위한 작은 위로라고 생각했다.

송규태도 양심상 미엔을 위해 위자료를 내놓았다. 1억이었다. 그는 현금 뭉치를 준 후 영화계 은퇴를 선언했다. 미엔에 관한 취재에는 일절 응하지 않았다. 그건 미엔도 마찬가지였다.

1억 6천만 원.

자매는 그 돈을 가지고 베트남의 고향 어촌으로 돌아갔다.

"새 배를 사서 언니, 아빠랑 열심히 일할 거예요."

베트남으로 가는 날 미엔이 공항에서 말했다. 창규는 사무장과 함께 그녀를 배웅하고 있었다.

"그래, 이제는 꽃길만 걸어."

창규가 말했다. 어린 아가씨. 그러나 언니를 위해 지옥을 마다 않고 뛰어들었던 아가씨. 이제는 베트남 어촌 풍경처럼 목가적인 행복을 누리며 살기를 바랐다.

"이거……."

미엔이 봉투 하나를 내밀었다. 500만 원이 들어 있었다.

"돈은 필요 없는데?"

창규가 거절했다.

"변호사님이 아니라 코리아 렌동님에게 드리는 거예요. 제일을 점지해 주셨다는……."

"아……."

"직접 찾아뵙고 인사드리고 싶었는데 변호사님 말이 긴 기도에 들어가셨다니……."

"……."

"이걸 드리지 않으면 모든 복이 사라지게 돼요. 그러니 꼭 전해주셔야 해요."

미엔 옆에서 리엔이 고개를 끄덕거렸다. 병원 치료로 생기가 돌아온 그녀. 두 자매의 볼에 있는 점 한 개, 그리고 두 개가 사이좋게 시선을 끌었다.

"그래."

별수 없이 받아들였다. 이런 이유라면 거절이 죄가 될 판이었다.

"베트남 오시면 꼭 놀러 오세요. 물고기는 배가 터지도록 먹여 드릴게요."

미엔이 언니를 챙겨 돌아섰다. 네 살 어린 동생이지만 마치 엄마처럼 느껴졌다. 하긴, 그녀는 엄마였다. 하나뿐인 언니를 구하려는 엄마. 그렇기에 여자로서 최악의 수치심까지 감수하며 한국으로 날아온 그녀였던 것이다.

아, 마지막으로 미엔과 리엔의 이름을 한 번 더 정리해야겠다. 미리 언급했지만 둘은 여권상의 이름이 아니었다. 어릴 때부터 집에서 불렸던 이름이었다. 그렇기에 이름이 바뀌어도 문제가 될 건 없었다. 그래서 송규태도 미엔을 '리엔'으로 만났고, 그 이름을 애칭처럼 불렀던 것이다. 참고로 미엔의 여권상 본명은 부엉 아잉, 리엔은 부엉 뚜아잉이었다.

"변호사님."

공항을 나설 때 사무장이 창규를 불렀다.

"예?"

"재미난 의뢰가 접수되었다는데 맡을까요?"

"뭔데요?"

"지방에서 온 의뢰인데 인신매매로 몰린 사안이라네요. 외국인을 사들여 섬에서 강제로 노역을 시킨……."

"사무장님 설마?"

"맞아요. 구속된 염전 주인의 조카인데 쓸 만한 변호사를 물색하다가 변호사님 이름을 봤나 봐요. 이것도 인연 같은데 수임할까요?"

염전 주인은 리엔을 혹사시키고 성추행을 일삼은 악덕 인간. 사연을 모르는 조카가 이것저것 뒤지다 창규 이름을 본 모양이었다.

"병 주고 약 주란 말인가요? 그리고 그런 인간에게 약을 줄 생각은 터럭만큼도 없습니다."

창규가 잘라 말했다. 억만금을 준다 해도 받을 수 없는 수임이었다.

500만 원.

이번 수임의 전리품은 작은 액수지만 굉장히 따뜻했다. 아직도 미엔의 체온이 남은 것이다.

고오오!

차 앞에 섰을 때 이륙하는 비행기가 보였다. 베트남 항공이었다.

미엔······.

그리고 리엔······.

아픔을 딛고 멋진 사람 만나길.

하늘에 대고 창규가 속삭였다. 진심, 또 진심이었다.

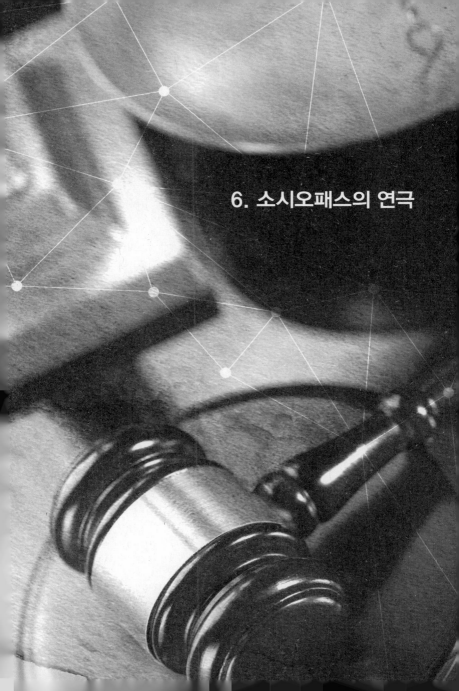

6. 소시오패스의 연극

'다음 수임……'

사무실 책상 앞, 창규는 백자 항아리를 보며 생각에 잠겼다.

—이재명 판사의 알선 건.

—재단을 상대로 한 사망한 유명 작곡가 재산 반환소.

—세계적 명망가 공학 교수의 여제자 성폭행 사건.

여러 의뢰 중에서 세 개가 눈에 밟혔다. 이재명 판사의 알선 건은 아직 오리무중이었다. '그분'이 아라라트 산에서 돌아오지 않은 것이다.

나머지 두 의뢰 상담도 창규 마음을 끌었다. 유명 작곡가의 딸을 자처하는 장년 여성의 상담은 아직도 기억에 선명했다. 거론된 작곡가는 대중가요의 신으로 불리던 천재 작곡가. 저작권법이 생기기 전에는 천재성만 인정받았지만 법이 발효된 이후로 돈방석에 앉았다. 가만히 앉아서도 1년에 수십억을 받게 된 것.

　그러나 딸의 존재를 몰랐던 작곡가는 투병을 하다 죽고 말았다. 나중에야 그녀 자신이 그 작곡가의 딸이라는 걸 알게 된 여자가 창규를 찾아왔던 것.

　그녀는 모진 질곡의 세월을 살았다. 버림받고 이용당하고… 그보다 더 기구할 수 없는 사연의 여자였다.

　공학자 교수의 상담도 창규 마음에 남았다. 세계적인 특허를 여러 개 가진 스타 교수. 느닷없는 성폭행 사건에 연루되어 모든 걸 잃게 된 것이다. 그의 말에 의하면 자신을 짝사랑하던 여제자의 막무가내 음모였다. 하지만 사단은 벌어져 버렸고 그 피해는 오롯이 교수의 몫이 되고 있었다.

　창규가 쓸 수 있는 쌍식귀 사용권은 2회.

　그나마 미엔의 건을 해결하면서 하나가 보태진 결과였다. 즉, 세 사건 중에서 하나는 미뤄야 하는 결론에 도달하는 것이다.

　마음으로는 세 사건 다 벗겨보고 싶은 창규… 고민하는 사이에 미혜가 들어왔다.

"변호사님, 손님 오셨는데요?"

"손님?"

미혜를 돌아보니 낯익은 사람이 보였다.

"……!"

창규 눈이 휘둥그레 변했다. 낯익은 사람. 그였다. 석계수 사건의 담당 검사, 부장검사 이혁재였다.

"안녕하십니까? 강 변호사님."

"검사님……."

"불청객인데… 커피 한잔 주시렵니까?"

"그럼요. 이리 앉으세요."

창규가 이혁재를 맞았다. 석계수를 생각하면 한 대 후려쳐도 모자랄 사람. 그러나 무죄 선고 이후에 그 부모들을 찾아와 사과한 일로 감정을 씻어내 버린 창규였다.

"실은 어제도 왔었는데 안 계셔서……."

커피를 받아 든 이혁재가 말문을 열었다.

"어제도요?"

"번거로울까 봐 제가 누구라는 말은 하지 않고 돌아갔습니다."

"무슨 일로?"

"바쁘시죠?"

질문을 받은 이혁재, 엉뚱한 말로 즉답을 피했다.

"백자 항아리가 질박하군요. 요즘 만든 도예는 아닌 것 같은데 진품인가요?"

"예? 예… 선친께서 고미술상을 하셨는데 그때 남은 물건입니다."

"좀 봐도 될까요?"

"그야……"

창규가 허락하자 이혁재가 백자 항아리를 집어 들었다.

"전에 내가 평검사로 있을 때 고미술 밀수업자들을 다룬 적이 있지요. 그 친구들 말이 골동품 사업이 짭짤하다고 하더군요."

"……."

"항아리 속은 단순하지만 오묘하죠? 안에 뭐가 들었는지, 좋은 건지 나쁜 건지……."

"……."

"강 변호사님이 미스터리사건을 몇 개 해결하셨죠?"

"미스터리까지야……."

"아닙니다. 석계수 사건도 그렇고… 전소 살인… 행방불명 사체 발견… 장례식장 시체 바꿔치기 등……."

이혁재가 다시 창규 앞에 앉았다. 창규는 가만히 그를 주목했다. 뭘까? 뭔데 이렇게 사설이 긴 걸까? 설마 뒤통수를 치러

온 건 아니겠지?

"긴장하지 마세요. 실은 하소연 내지는 SOS를 청하러 온 거랍니다."

"SOS요?"

"행복경찰서 이준모 팀장 아시죠?"

"예."

"실은 그 친구에게서도 얘기를 들었습니다. 강 변호사님에 대해……."

'점점…….'

"아, 내가 이런 부탁드릴 염치가 없다는 건 알고 있는데… 강 변호사님!"

이혁재가 자세를 바로잡았다. 이제 본안이 나올 모양이었다.

"죄송하지만 저 좀 도와주시지 않겠습니까?"

"제가 검사님을요?"

"혹시 이 사건 아시죠?"

이혁재가 신문 조각을 내밀었다.

"……!"

창규가 미간을 찡그렸다. 얼마 전에 일어난 살인사건이었다. 열여덟 남고생이 빌딩의 지하실로 초등 1학년 여학생을 데려가 잔혹하게 살을 도려낸… 그로 인해 그 범인의 측근이 변론을 맡아달라고 찾아왔던…….

"지금 제가 이 사건을 평검사 하나 데리고 진두지휘하고 있습니다."

"예……."

"피해자는 7살… 다른 아이들보다 영특해 한 해 먼저 학교에 들어갔습니다. 아버지는 없고 호떡 장사를 하는 홀어머니가 있는데……."

"……."

"밖을 한번 보시죠."

"밖을요?"

"제 SUV 앞에 아주머니가 한 분 있을 겁니다. 호떡 구울 때를 빼고는 저를 따라다니며 가해자를 사형에 처해달라고."

이혁재의 말과 함께 창규가 창밖을 보았다. 정말 중년 아줌마가 보였다.

"가해자 쪽 실드가 장난이 아닌 모양이군요?"

지난번 찾아온 범인 측 인사를 만났던 창규였다. 잘은 모르지만 가해자 쪽으로 유리하게 돌아가는 정황인 모양이었다.

"애석하게도… 그렇습니다."

"실은 그쪽 사람들이 제게도 접촉을 해왔습니다. 내키지 않아 변론을 거절하기는 했지만……."

"그랬군요."

홀짝!

식은 커피를 넘긴 이혁재가 말문을 이어갔다. 창규는 창가에 선 채 이혁재를 바라보았다.

"수사상의 일이라 일일이 말씀드리지는 못하지만 변호인들이 기소 단계부터 딴죽을 걸고 있습니다. 자칫하면 불구속으로 공소를 시작할지도 모를 지경입니다."

"예?"

"범인 측 부모들이 의료계 영향력이 막강한 의사들입니다. 할아버지는 의대를 세웠고 아버지는 그 의대의 소유자. 어머니는 여성 의사 협회를 좌지우지하더군요. 범인이 통합실조증을 앓고 있다고 주장해 수사가 난관에 부딪쳐 있습니다."

통합실조증.

정신 질환이다. 이게 확정되면 범인은 처벌을 면할 수 있다. 그러나 정신감정에 관한 건 검사들의 영역 밖. 의사와 전문가들이 그렇게 진단하면 검찰도 어쩔 수 없는 일이었다.

"범인이 애매하게 경계에 있거든요. 우리 검찰 측 전문가나 초빙 전문가들은 정신 질환 쪽보다는 치밀하게 계산된 사이코패스 쪽인데 민간 전문가와 대학병원 의사들은 통합실조증 쪽 의견이 우세합니다. 치료 전력도 있고요. 그러다 보니……"

"하지만 제가 뭘?"

"이준모 팀장이 그러더군요. 강 변호사님 제보 라인과 영감이 굉장하다고… 과학수사와는 반대되는 이야기지만 일선의 형사들은 더러 감으로 범인을 잡는 경우가 있습니다. 영감이라는 거… 맹목적으로 신봉해도 안 되지만 무조건 배척할 것도 아니라고 생각합니다."

"영감은 별거 아니고 제보 라인은 정보를 주는 루트가 있어서 그쪽 도움을……."

"빨대 말입니까?"

이혁재가 물었다. 빨대는 정보망을 일컫는 은어였다.

"예."

"겸손의 말씀입니다."

"……"

"미안하지만 강 변호사님께서 범인을 한번 만나보시지 않겠습니까? 딱히 해결책을 달라는 건 아니고… 영감이든 정보제공이든 느낌을 공유해 주시면……."

"검사님."

"제 수사 측으로는 이 친구, 초범이 아닌 거 같습니다. 장담하건대 정신병자가 아니라 정신병자 할아버지라고 해도 초범이 사람을 그렇게 죽일 수는 없어요. 하지만 범인은 이제 고작 열여덟 살. 수사관들 머리 위에서 놀고 있는 데다 언론 무서운 세상이니 촉이 와도 입도 벙긋하지 못할 지경입니다."

"……"

"밖의 아주머니도 분위기를 알고 저렇게 저를 쫓아다니며 사정하고 있는 겁니다. 어떻게든 범인을 구속 기소 해 사형에 처해달라고……."

"……"

"그래서 하소연도 할 겸… 혹시 강 변호사님의 영감이 수사 방향의 단서라도 될지……."

"초범이 아니라고요?"

"예."

"그런데 추가 증거는 안 나온다고요?"

"그렇죠. 이 친구… 열여덟이 아닙니다. 제가 볼 때는 전과 한 20범쯤 되는 베테랑 전문 살인범 같아요. 검사 생활 20여 년 만에 이런 냉혈한은 처음입니다. 이따금 환청이 들린다고 도 하는데 그것도 믿기지 않고… 어쩌면 희대의 살인마가 환 생한 것 같다고 할까요?"

이혁재는 질린 듯 고개를 저었다.

이혁재.

나름 정통의 강력 검사 계보다. 그렇기에 석계수의 살인사 건도 맡았던 사람. 그런 그가 고작 고등학생 범인 하나를 놓고 치를 떨고 있다. 이해는 되었다. 지난번에 찾아온 사람의 말 때문이었다. 그가 언급한 쟁쟁한 변호인들. 대충 놓고 봐도 대 한민국 법무부를 옮겨놓은 듯한 파워들. 그중에는 이혁재의 선

후배도 있을 수 있었다. 로펌의 유혹 제의도 있을 수 있었다.

검사나 판사에게는 퇴직 후의 로또로도 불리는 대형 로펌. 그 유혹에서 자유로울 사람은 많지 않았다. 그런 차에 이혁재가 창규를 찾아왔다. 그건 이혁재의 양심 불씨가 다 꺼지지 않았다는 증거였다. 석계수 사건을 기화로 금초의 마음을 돌아본 모양이었다.

금초.

갓 임용된 신임 검사.

정의감에 불타는 그 마음……

창규의 시선은 아줌마에게 있었다. 초라한 행색의 그녀는 한순간도 기원을 멈추지 않고 있었다. 어린 딸은 이미 죽었다. 그 딸을 살려달라는 기도는 아닐 것이다. 그건 검사가 할 수 있는 일이 아니었다. 그렇다면 무슨 기도일까?

─일곱 살 딸.

─미술 학원에 갔다가 참혹하게 죽은 어린아이.

─그 아이를 지켜주지 못한 부모의 마음.

그 모정에 홀린 창규, 하지 말아야 할 말을 하고 말았다.

"일단 한번 만나보죠."

열여덟 살인범 채병호.

"어떻게 생각해요?"

회의실에서 창규가 물었다. 사무장과 상길, 일범이 둘러앉은 자리였다. 창규의 손에는 이혁재가 제공한 채병호의 기록이 들려 있었다.

"기사만 봐서는 유전무죄 삘입니다. 피의자 쪽 집안이 굉장한 모양인데 그 힘을 동원해서 정신병으로 가는 거 아닙니까? 남의 눈에 피눈물 나게 하고 자기 자식은 빵에 안 보내겠다는 거죠."

상길의 의견이었다.

"쟁점은 정신병이냐 사이코패스냐인데… 경계 선상에 서 있네요. 정신감정을 맡은 의료계, 그쪽 인맥이 강력한 피의자 쪽에 변론인까지 화려한 진용으로 갖췄으니 검찰이 고민하는 것도 이유가 있습니다."

사무장의 의견은 조금 더 진보되었다.

"사무장님 말이 팩트고. 또 하나의 팩트는 나이로군요. 피의자의 나이가 열여덟. 사안을 보니 사형에 무기까지도 가능한 일인데 소년법에 의해 최고 형량 15년 만땅… 재판을 받는 동안 19세가 넘으면 무기는 따놓은 당상… 변호인 쪽에서는 정신병 주장에 이어 속전속결로 나가야 할 사안입니다."

일범은 사건의 맥을 정확하게 짚어놓았다.

"그러니까 일반적인 견해는 살인범이다?"

창규가 되물었다.

"이거 제 친구들하고 술 마실 때도 화제가 되었는데 상식이라는 게 있지 않습니까? 정신병자라면 어떻게 학교를 다닙니까? 공부도 잘하고 친구들과의 사이도 무난했다고 하던데……."

상길이 핏대를 올렸다.

"무난은 아니고… 그쪽 변론인들 주장으로는 피의자가 감정조절에 문제가 있고 엉뚱한 생각을 한다는 말도 나왔다고 했어."

"그거야 보기 나름이죠. 제 친구들 중에는 저를 뚱딴지로 생각하는 놈들도 있습니다."

"두 사람은?"

창규의 시선이 사무장과 일범을 겨누었다.

"솔직히 피의자를 보지도 않고 추측할 수는 없겠네요. 이런 경우에는 피해자가 워낙 어리고 항거 불능의 아이니까 모든 여론이 피해자 쪽으로 쏠릴 수 있죠. 하지만 기사의 보도가 정확하다는 전제를 깔고 말한다면 사이코패스라고 생각합니다."

"저도 그렇습니다. 사이코패스의 첫 출격이라고 할까요? 만약 못 잡았으면 여러 사람 죽었을 겁니다."

"이미 여럿 죽였는지도 모르죠. 단지 증거가 이 건밖에 없으니까 시치미 떼는 걸지도… 검사들 비웃으면서 말입니다."

사무장과 일범에 이어 상길이 말했다.

"오케이, 어쨌든 부장검사님이 찾아왔으니. 가서 잠깐 만나보고 올게. 나도 어떤 인물인지 궁금하거든."

창규가 일어섰다.

"조심하세요. 어떤 사이코패스들은 수사관을 공격하기도 하거든요. 제 동료는 귀를 물어뜯겨 성형을 받은 적도 있어요."

사무장은 경험담으로 창규의 주의를 환기시켜 주었다.

"알았어요."

창규는 찡긋 윙크로 화답했다.

부릉.

창규 차가 출발했다.

"기분 묘한데요?"

창가에서 내다보던 사무장이 중얼거렸다.

"뭐가요?"

옆에서 반응하는 일범.

"이 사건 말이에요. 지난번에는 변호사 선임 문제로 피의자 쪽에서 찾아왔었는데 오늘은 그걸 수사하는 검사 측에서……."

"피의자의 형량이 우리 선배님 손에서 결정될 운명인가 보죠."

"예?"

"그렇잖아요? 양쪽에서 다 선배님을 찾아왔는데 우리 선배님은 검찰 쪽 손을 잡았습니다. 제 생각에는 피의자의 운명이 그리 좋지는 않을 거 같은데요?"

"권 변호사님 생각도 그래도? 실은 제 생각도⋯⋯."

"흐음, 역시 우리 팀은 '케미'가 좋아요."

"권 변호사님이 그 분위기 더 살리고 있는 거예요. 정말 다행이죠."

"그럼 일합시다. 선배님만 바쁘니 볼 면목도 없고⋯⋯."

일범은 책상에 앉아 사건 상담 서류 뭉치를 잡아당겼다.

그녀.

피살된 꼬마 손예은의 엄마 나규희.

검찰청 앞에서 또 그녀를 보았다. 그녀는 뭔가를 주섬주섬 챙기고 있었다. 창규는 모른 척 그녀 뒤를 따랐다. 그녀는 수사관실로 향했다. 거기서 조심스럽게 노크를 하고 문을 연다. 안으로 들어간 나규희, 검찰수사관들 책상 위에 흰 봉투를 하나씩 놓았다. 그리고는 매 직원마다 허리를 숙여 인사를 하고는 복도로 나왔다.

그녀의 걸음은 검사들 방으로 향했다. 거기서도 행동은 같았다. 조그만 흰 봉투, 사각져 보이는 게 돈 봉투하고는 거리가 멀다. 뭘 놓는 걸까? 그 의문은 이혁재의 방에서 풀렸다. 그녀가 거기도 등장한 것이다. 창규가 이혁재를 만나는 자리였다. 봉투를 놓은 나규희는 두 번이나 허리를 굽히고 물러났다.

"예은이 어머니."

이혁재가 그녀를 불렀다.

"……."

"이러지 않으셔도 됩니다. 저희가 불편해져요."

"부장님, 잘 부탁합니다. 저놈 꼭 사형시켜 주세요."

나규희는 앵무새 같은 말을 남기고 나갔다.

"허어!"

이혁재가 한숨을 쉬었다. 창규의 시선이 흰 봉투로 향했다. 따끈한 온기가 새어나왔다. 구겨진 봉투 안에 든 건 호떡 두 개였다. 다른 방에 돌린 것도 다 호떡이었다. 호떡 장사로 연명하는 나규희. 그녀가 할 수 있는 단 하나의 솜씨. 호떡을 구워 수사관들의 간식으로 가져온 것이다.

"범인을 검거하고 며칠 뒤부터 이러십니다. 다른 시간에는 내 뒤를 따라다니고……."

이혁재가 호떡 봉투를 들었다 놓았다. 그걸 창규가 집었다.

"제가 먹어도 될까요?"

"그야 얼마든지."

뜨악한 표정을 짓는 이혁재를 뒤로하고 호떡 하나를 물었다. 아직 따뜻했다. 호떡 안의 꿀물이 입안에 돌자 웬지 콧등이 시큰해졌다.

―호떡.

―이 상황에서 그녀가 할 수 있는 단 하나.

―호떡이라도 구워서…….

"부장님!"

창규가 고개를 들었다.

"예?"

"맛있네요."

"……."

"혹시 드셔보셨습니까?"

"아뇨. 호떡 같은 거 안 좋아해서……."

"맛 좀 보시겠어요? 호떡 알레르기가 아니라면……."

"강 변호사님."

"저희 어머니가 요리를 잘하시거든요. 가끔 술빵을 만들어 주셨는데 손님 대접하느라 내놓은 걸 남기고 가면 몹시 서운 해하셨어요. 혹시 뭘 잘못 만들었나 하고."

창규는 호떡 든 손을 내리지 않았다. 이혁재가 별수 없이 호떡을 받았다. 그가 한 입 물었다.

"괜찮은데요?"

이혁재가 말했다.

"다행이네요."

창규는 먹던 걸 마저 먹었다. 입에 바른 말이 아니라 맛이 좋았다. 나규희……. 정신 줄을 바짝 차리고 만들었다는 증거였다. 수사관들에게 힘이 되고 싶은 정성이 꿀물에서 우러나왔다.

'이런 호떡을 먹었으니 값을 하는 수밖에.'

호떡 포장지를 만지작거리던 창규, 쌍식귀 사용권 결정을 내리고 말았다.

"가시죠. 준비되었답니다."

전화를 받은 이혁재가 일어섰다. 수사 시나리오는 이미 설명을 받았다. 공식적으로는 검찰 측이 초빙한 전문가가 실시하는 심리검사 참관이었다. 이혁재도 참관하고 검찰 수사관 둘도 참관한다. 속된 말로 곁다리로 끼어 범인을 탐색하는 것이다.

복도에 나오자 나규희가 꾸벅 인사를 했다.

"이러다 어머니 쓰러집니다. 저희를 믿고 댁에 가서 기다리세요."

이혁재가 나규희를 위로했다.

"저는 괜찮아요."

나규희는 텅 빈 미소로 답했다.

"여깁니다."

심리검사실 앞에서 이혁재가 멈췄다. 복도 너머 주차장에 채병호의 아버지 채낙수가 보였다. 변호사들과 함께였다. 그들은 머리를 맞대고 숙의 중이다. 그들의 상대가 나규희라면, 이건 게임이 안 되는 그림이었다.

검사실 앞에 있던 수사관들과 가벼운 눈인사를 나눈 창규, 안으로 들어섰다. 안은 아직 비어 있었다.

"곧 올 겁니다."

이혁재의 말이 끝나기도 전에 문이 열렸다. 현직 대학 교수인 전문가가 들어서고 약간의 시차를 두고 범인이 들어섰다. 수사관과 함께였다.

"……!"

창규는 자신도 모르게 미간을 찡그렸다.

범인.

잔혹 살인범.

사진에서도 얼굴은 보았다. 하지만… 하지만 직접 본 피의자는 그저 해맑은 소년이었다. 피로감도 없고 죄의식도 없는… 거리에서 스쳐 가는, 공부 잘하고 예의 바른 고교생. 그런 모습으로 채병호와 만나게 되는 창규였다.

"안녕하세요?"

믿기지 않게 인사까지 했다. 목소리도 밝았다.

"시작하시죠."

이혁재가 전문가에게 말했다. 전문가와 피의자가 책상에 마주앉았다. 수사관 한 명이 보조로 붙었다. 나머지는 살짝 거리를 두고 지켜보는 그림이었다.

"반가워요. 아까 설명한 검사를 하게 될 거예요."

검사기기의 그래프 반응 체크를 끝낸 전문가가 기구를 부착하기 시작했다. 피의자 채병호는 차분하다. 하지만 그는 알지 못했다. 심리검사보다 창규의 쌍식귀들이 먼저 그의 섭취물들을 분석하기 시작했다는 걸.

하지만!

창규는 바로 창백해지며 고개를 저었다.

채병호.

리딩이 먹히지 않았다.

전혀!

'뭐야?'

마음을 다잡고 다시 시도……

실패.

한 번 더……

불발.

마지막으로……

리딩 불가!

"강 변호사님."

이혁재가 창규를 바라보았다. 뭔가 이상한 느낌을 받은 이혁재가 창규를 데리고 나온 것이다. 그가 물을 내밀었다. 휴게실이었다.

꿀꺽!

물을 마셨다. 처음이었다. 쌍식귀의 리딩이 먹히지 않는 인간. 무려 영계에서도 통했던 리딩이 아닌가? 창규의 몸은 식은땀으로 젖어 있었다. 빠르게 혼귀 수임과 창규의 변론 회차를 계산했다.

홍태리… 육경욱… 한윤기… 영계수임… 송규태… 그리고 꼼수 계약서 덕에 얻은 세 개의 보너스 찬스… 아무리 생각해도 쌍식귀 사용권은 두 개가 남았다. 그런데 왜?

'혹시……'

능력이 사라진 걸까?

생각이 거기에 미치니 등줄기가 더 흥건해졌다. 땀이 폭포를 이룬 것이다. 물론, 언젠가는 사라질 수도 있는 능력이었다. 하지만 이렇게 느닷없이? 창규는 본능적으로 허리춤을 뒤졌다. 두둑이 잡히지 않았다. 잡힐 리가 없다. 두둑은 차에 있었다.

"잠깐만요."

물 잔을 놓고 나서는 창규 눈에 휴게실 달력이 들어왔다. 누군가 동그라미를 쳐둔 게 보였다. 동그라미 위에는 화살표가 내려가며 '이사'라고 적었다.

이사.

이삿날에 동그라미?

손 없는 날?

'아!'

그제야 생각이 났다. 혼귀왕들이 걸어놓은 부담스러운 옵션.

―손 없는 날은 쌍식귀도 휴무!

달력을 보니 음력 10일. 그렇다면 내일은 통할 것 같았다.

"오늘은 컨디션이 엉망입니다. 죄송하지만 저는 내일……."

양해를 구하고 돌아섰다. 오늘의 리딩 불가가 손 없는 날의 옵션이기를 바라며…….

다음 날 다시 검사실 조사가 이어졌다. 채병호는 오늘도 착한 학생의 모습이었다.

단지 다르다면 검사 전에 약간의 이상행동을 보인 것. 이혁재가 눈짓을 주었지만 창규는 흘려버렸다. 선입견 배제. 그 원칙의 사수였다.

'오늘은 제발…….'

한번 실패한 까닭인지 제법 긴장이 되었다.

"……!"

쌍식귀를 띄운 창규, 비로소 표정에 생기가 돌았다. 리딩이 먹히는 것이다.

'오케이, 이제 그럼 시작해 볼까?'

식용 카테고리를 지났다. 피의자는 카라멜 마끼야또를 좋아했다. 중학생이 된 날부터였다. 그다음으로 좋아한 건 초밥이었다. 그중에서도 성게알 초밥……

패스하고 약용을 체크했다. 신경정신과 약이 나왔다.

"……."

창규의 오감이 바짝 고개를 들었다. 몇 해 전에 일어난 일. 내용에 따라서는 피의자의 주장이 맞을 수도 있었다. 하지만, 그건 단순 스트레스 약이었다. 놀란 가슴 눌러두고 특용으로 넘어갔다. 수많은 특용 폴더를 보던 창규, 한 폴더에서 시선이 멈췄다. 폴더의 이름은 '피'였다.

피… Blood…….

폴더는 두 개였다. 사람과 고양이.

창규의 촉이 민감하게 반응을 했다. 천천히, 천천히 사람의 폴더부터 열었다. 그 안에 다시 세 파일이 보였다. 큰 것부터 열었다.

수혈이었다. 여섯 살 때 교통사고가 났다. 머리가 깨지는 중상을 입었다. 그러나 뇌에는 이상이 없었다. 출혈이 심해 남의 피를 받았다. 전날 헌혈된 프레시 블러드(Fresh whole blood), 전혈이었다. 부모가 의료계에 영향력이 막강했기에 내린 오더

였다. 헌혈한 지 오래된 피는 죽은 적혈구들이 많아진다. 그
것조차 계산하는 부모들이었다.

별다른 문제는 없었다. 부상을 당하면 누구든 수혈받을 수
있는 것이다. 공연한 긴장이었을까? 창규는 숨을 돌리고 그
옆 파일을 보았다. 파일은 너무 작았다. 그보다는 고양이 피
가 마음에 끌렸다. 작은 파일을 두고 고양이 피로 넘어갔다.

"……!"

고양이 피에서 창규의 안면 근육이 과격하게 일그러졌다.
피… 피… 고양이 피… 많았다. 양이 많은 게 아니라 경우가
많았다. 하나, 둘… 천천히 세어보았다. 채병호가 먹은 고양이
피는 모두 22마리였다. 그러나 기이하게도 모두 한 방울. 딱
한 방울씩만 맛을 보았다.

이건 또 무슨 케이스일까?

긴장 줄이 바짝 당겨졌다. 마지막 피의 사연을 리딩했다. 중
학교를 졸업하기 하루 전이었다. 채병호는 어두운 지하실에
있었다. 망한 식당의 식자재들이 어지러운 곳이었다. 낡은 테
이블, 일회용 테이블보 위에 망에 담긴 고양이가 보였다.

야옹!

고양이는 겁에 질려 있었다. 그 눈에 보이는 게 채병호였다.
중학생 채병호. 교복 상의가 또렷했다. 그 손에 들린 건 송곳
과 주먹만 한 돌덩이였다. 고양이가 움츠렸다. 그 정수리에 송

곳이 닿았다. 송곳 끝을 돌덩이가 때렸다. 정수리에서 피가 솟았다. 고양이는 비명 한마디 내지 못하고 절명했다.

채병호가 손가락에 고양이 피를 찍었다. 손가락이 혀로 옮겨갔다.

스읍!

채병호는 담담한 표정으로 맛을 음미했다. 마치 최고의 세프가 요리 맛을 보기라도 하듯. 채병호는 죽은 고양이를 화장실 변기에 넣었다. 물을 내린다. 쏴아, 한 번 더, 한 번 더. 10여 번을 반복하자 선홍빛 물은 더 이상 보이지 않았다. 얇은 테이블보는 신문에 말아 태웠다. 마지막으로 고양이의 시체는 뚜껑이 조금 깨진 낡은 맨홀 안으로 던져 버렸다.

지하실에서 나오는 채병호는 태연했다. 마치 도서관에서 학생이 나오는 그림이었다.

'뭐야?'

너무나 익숙한, 너무나 자연스러운 모습에 창규가 소스라쳤다. 잘못 본 건가 싶어 뒤에서 두 번째 고양이 피를 추적했다. 장소만 다를 뿐 과정과 결과는 비슷했다. 이번에는 돌덩이 대신, 근처에서 주운 각목으로 내려친 게 달랐다.

가빠지는 호흡을 달래며 맨 처음 고양이로 향했다. 채병호가 찍어 먹은 최초의 고양이 피. 그건 여섯 살 때였다. 유치원에서 돌아온 직후였다. 엄마 아빠는 집에 없었다. 둘 다 외국

세미나에 참석하기 위해 출국한 것. 덕분에 채병호는 자유로 웠다. 며칠 채병호를 책임진 사촌 누나는 채병호를 자유롭게 풀어놓았다. 놀이터에 가는 것도, 상점에 가는 것도 채병호가 원하면 오케이였다. 그 시간에 누나는 드라마를 보거나 마스크 팩을 하는 데 열중했다.

끼이익!

꺄옹!

얼음과자 세 봉을 골라 돌아오는 길, 이면 도로에서 소음이 들렸다. 비도 오지 않으면서 잔뜩 흐린 회색 오후였다.

툭!

미세한 소리와 함께 흰 덩어리가 채병호 앞에 떨어졌다.

"악!"

채병호는 비명을 지르며 주저앉았다. 고양이였다. 바로 그 고양이였다.

—샤.

7. 식지 않는 호떡

　어쩌다 잠이 오지 않는 날이면 어김없이 창문을 긁어대던 흰 고양이. 원래는 채병호의 엄마가 기르던 고양이. 원래는 한 쌍이었는데 수컷이 죽자 집을 나간 그 고양이. 그러나 희한하게도 채병호의 눈에만 띄는 고양이. 그 눈빛이 오싹해 보기만 해도 이불 속에 숨기만 했던 채병호. 고양이의 눈빛은 이불 속까지도 따라와 겁에 떨게 했던 그 고양이……

　"엄마, 샤가 돌아왔어."

　샤는 흰 고양이의 이름이었다.

　"엄마, 샤가 나를 노려봐."

몇 번 그런 일이 반복되었다. 하지만 엄마나 아빠가 오면 고양이는 보이지 않았다. 언제나 그랬다.

—너 정말…….

—한 번만 더 그러면 혼난다.

가족들은 채병호의 말을 믿지 않았다. 그랬던 흰 고양이. 어쩌면 악마와도 같았던 그 고양이 몸에서 생명이 날아간 것이다.

"……."

채병호는 주저앉은 채로 뒤로 기었다. 고양이에게서 최대한 떨어지려는 몸부림이었다. 그런데, 자세히 보니 고양이는 움직이지 않았다. 눈도 뜨지 않았다. 기는 걸 멈췄다. 옆을 보니 작은 나뭇가지가 보였다. 떨리는 손으로 집어 들었다. 고양이를 건드렸다. 반응이 없었다.

툭툭!

강도를 높였다. 그래도 고양이는 그대로였다. 죽었나? 채병호가 조심스레 다가섰다. 이번에는 발로 머리를 건드렸다.

순간.

풋!

고양이 머리에서 핏줄기가 솟았다. 미세하게 깨진 머리 안에 고였던 피가 분수처럼 터져 버린 것.

"……!"

고양이 피는 채병호의 머리와 이마를 적셨다. 그중 한 줄기가 방울을 이루며 흘러내렸다. 그게 볼을 타고 채병호의 입으로 들어왔다. 기분이 이상했다. 더 이상 고양이가 무섭지 않았다. 마치 고양이를 먹은 기분이었다. 두려움을 통째로 먹어 치운…….

씨익!

흡족한 미소가 채병호의 입가를 스쳐 갔다.

"병호야!"

저만치서 사촌 누나가 달려왔다. 차의 급정거 소리를 듣고 확인차 나온 그녀였다.

"까악!"

고양이를 본 사촌 누나는 비명을 지르며 주저앉았다. 그녀의 짧은 치마 안에서 오줌도 밀려 나왔다. 그걸 보던 채병호의 미소가 한 번 더 작렬했다. 이제는 어른도 무섭지 않았다.

미소.

보일 듯 말 듯한 미소…….

창규는 그 미소가 낯익었다. 리딩을 멈추고 채병호를 바라보았다. 채병호는 심리검사에 잘 협조하고 있었다. 특이점을 보인 건 두 번이었다. 혼자 이상한 말을 중얼거린 것.

거기서 보았다. 고양이의 피가 혀에 닿았을 때의 미소. 사촌 누나가 지린 오줌을 보고 머금던 그 미소. 보일 듯 말 듯한 미소가 얼굴 전반에 흐르고 있었다.

두 번째는 채병호의 자발적인 섭취였다. 대상은 갓 태어난 새끼 고양이였다. 초등학교 2학년, 세 번의 실패 끝에 고양이 새끼의 정수리에 송곳을 박았다. 그 피를 맛보고 찻길 옆 하수구에 버렸다. 스무 번도 넘는 고양이 살육의 시작이었다.

'하아……'

대상은 고양이. 나중에는 스페셜리스트처럼 가벼운 유희감으로 변해 버린 고양이. 채병호 손에 걸리면 송곳 한 방으로 끝장이 나는 것이다.

시작은 흰 고양이 때문이었다. 그 두려움이 시작이었다. 아무도 믿어주지 않던 고양이의 존재. 자신을 괴롭히던 고양이의 피를 맛봄으로써 고양이를 정복했다고 생각한 어린 위안. 그 빗나간 위안.

확인차 부모 폴더를 찾았다. 자식을 위해 법무부를 들었다 놓을 수 있을 정도의 변호진을 꾸린 부모들. 채병호와의 유대는 어떨까? 사랑과 교감을 충분히 나누고 있을까?

그 예측은 간단하게 어긋났다. 채병호의 부모들은 의료계 명사. 너무 바빴다. 채병호는 늘 혼자였다. 그의 말동무는 가정부나 운전기사가 유일했다. 장난감 방이 따로 있을 정도로 모든 게 풍족하지만 사람의 손길만은 그렇지 않았다. 그의 부모들은 그를 사랑했지만 그 사랑의 방법은 'Money'였다.

'그럼 사람 폴더의 피는?'

배경을 짚어본 창규의 피에 한기가 돌았다. 사람 피 폴더 안의 두 파일. 너무 작아서 고양이로 건너왔던 창규였다.

그 두 개의 파일……

기분이 좋지 않았다.

'설마……'

마음을 달래며 첫 파일을 열었다. 지금으로부터 세 달 전, 여자의 피였다. 이름은 김상애. 아홉 살 여자아이였다. 식귀 1이 파일의 실체를 펼쳐놓았다. 배경은 폐업한 대형 식당 지하실. 김상애는 여기서 죽었다. 발목이 어긋나고 머리가 깨진 상태였다.

매개 음식은 피자였다. 채병호, 피자 가게 앞에서 침을 흘리는 어린 소녀를 꼬여 온 것이다.

"먹어."

채병호가 먼저 한 입을 먹고, 다른 한 쪽을 내밀었지만 아이는 어지러운 주변만 돌아보았다. 아무래도 폐업 식당의 난잡한 분위기가 두려운 모양이었다.

"저, 나갈래요."

아이는 결국 피자보다 나가는 쪽을 택했다.

"먹고 가. 이거 되게 맛있다."

채병호의 먹방 액션도 소용이 없었다. 아이는 가방을 움켜 쥔 채 계단으로 걸었다. 채병호가 그냥 보낼 리 없었다.

"야, 거기 안 서?"

소리치며 뒤쫓을 때였다. 계단참을 돌던 아이가 빈 막걸리 병을 밟으며 발목을 접질렀다. 아이는 추락하면서 계단 모서리에 머리를 찧었다. 지하실 바닥에서 2차 충격을 받은 것이다. 그때까지는 의식이 있었다.

"오빠……."

아이가 손을 내밀었다. 채병호는 잡지 않았다.

"나 아파요."

"……."

"도와주세요."

"……."

"아프다고요."

통증 때문에 큰 소리도 내지 못하던 김상애. 깨진 머리에서 흘러나온 피가 흥건해질 때쯤 목숨을 잃고 말았다. 준비한 송곳은 써먹지도 못한 채병호였다. 한참을 지켜보던 채병호가 버려진 국자로 아이 몸을 건드렸다. 딱 그때 장면이었다. 교통사고로 죽은 흰 고양이의 죽음을 확인하던.

반응이 없었다. 이번에는 발로 허리를 밀었다. 그래도 마찬가지였다. 그제야 채병호의 손가락이 상처 부위를 짚었다. 손가락에 피가 묻어났다. 그 피 한 방울을 맛보며 웃었다. 이제는 채병호의 트레이드 마크가 되어버린 보일 듯 말 듯한 미소였다.

역시 버려진 주방용 고무장갑을 낀 채병호, 고물상으로 실려 갈 대형 냉장고 문을 고정한 테이프를 찢었다. 그런 다음 아이를 냉동 칸에 쑤셔 박았다. 굴러다니는 테이프를 주워 문짝을 다시 고정, 찢은 테이프는 고무장갑으로 말아 가방에 담았다. 피자판까지 챙겨 지하실을 나온 채병호는 한참을 걸었다. 도중에 고무장갑을 하수구 틈새로 욱여넣고 피자 한 쪽을 물었다. 남은 피자는 쓰레기통에 던져 넣었다.

"……!"

창규는 거칠어지는 호흡을 간신히 참았다. 채병호, 손예은이 첫 살인은 아니었다. 손예은처럼은 아니지만 유사한 범행 경험이 있는 것이다.

'그럼 이 파일도?'

남은 파일 하나.

바짝 긴장한 채 리딩에 돌입했다.

"……!"

창규의 동공이 움직임을 멈췄다. 거기도 딱 한 방울의 피였다. 손예은이었다. 범행 과정이나 결과는 방송에 밝혀진 것과 같았다. 다만 피 한 방울을 먹었다는 것, 그것만이 다를 뿐이었다.

"윽!"

창규는 결국 오바이트가 쏠려 밖으로 나왔다.

"왜 그러십니까?"

이혁재가 따라나왔다.

"아닙니다."

"무슨 감이라도?"

"조금요."

"그래요?"

이혁재가 반색을 했다.

"하지만 아직 더 봐야 할 것 같습니다."

창규는 서두르지 않았다.

추가로 확인된 살인 시도 건. 그것만으로도 치명적이기는 했다. 하지만 지금 채병호 공소의 핵심은 그가 아스퍼거 증후군 등의 해리성 장애냐, 아니면 사이코패스냐 하는 것이었다.

딸깍!

창규와 이혁재가 소리 없이 재입실했다. 전문가는 아직 채병호를 검사하는 중이었다. 창규는 선 채로 리딩에 돌입했다. 선택한 단어는 당연히 정신병 관련이었다.

[최근—정신병 치료]

[최근—정신병 약]

두 가지를 넣자 구치소 접견실이 나왔다. 채병호와 아버지, 그리고 집사 변호인이었다. 집사 변호인은 접견 전문 변호사를 이른다. 한마디로 피의자 면회를 신청해 함께 시간을 때워주는…….

테이블에는 구치소에서 산 콜라가 놓여 있다. 채병호는 빨대를 꽂은 채 빨아 먹었다. 표정은 전과 똑같았다. 웃는 듯 아닌 듯 기묘함이 아른거리는 미소.

"알았지?"

아버지가 속삭임으로 몇 번째 다짐을 놓고 있었다. 집사 변호사는 창가로 자리를 비켜준 상황. 채병호가 귀찮은 듯 고개를 끄덕거렸다.

"중학교 1학년 여름방학, 그때부터 약을 먹은 거야. 알았어?"

끄덕!

"그리고 중3 때 다시……."

끄덕!

"언제부터라고?"

"중학교 1학년."

"어디서?"

"서울 근교의 누산의원."

"3학년 때는?"

"역시 누산의원."

츄우웁!

콜라가 바닥을 드러내며 빨대의 헛발질이 실내를 울렸다.

"책… 특히 맨 아래 것 중에서 밑줄 친 걸 꼼꼼히 읽어보고. 다른 책의 밑줄은 그냥 무시해도 돼."

아버지가 내민 건 다섯 권이었다. 노인과 바다, 어린 왕자, 모모, 헤르메스의 기둥, 그리고 일본의 환상소설집 두 권…….

채병호가 마지막 책을 넘겼다. 여섯 챕터로 나뉜 단편소설. 대부분은 기묘한 유령이나 환상 체험 이야기였다. 다만 끝에서 두 번째 나오는 건 달랐다. 정신병자의 엽기 살인에 대해 쓴 것이다. 밑줄 친 내용은 환청과 망상, 현실 판단력 부재 등의 특징적 행동들이었다. 정신병자의 질환명에도 밑줄이 가 있다.

―통합실조증.

그 아래 이어지는 설명에도 밑줄은 선명했다.

―통합실조증의 증상은 '양성 증상'과 '음성 증상'으로 나뉜다. 양성 증상의 내용은 사람에게 짓궂게 굴고, 음식에 독이 들어가

있다 등의 피독 망상, 내가 신(神)이다라는 종교 망상 등의 다방면에 걸친다. 또한 환각, 환청이라고 하는 증상이 망상과 섞여 신의 계시를 받았다거나 전자파가 뇌를 공격해 온다고 호소하는 경우도 있다.

환각과 환청.

기사에서 본 기억이 났다. 채병호는 이따금 그런 증세를 보였다. 어제도, 오늘도 그랬다. 그러나 전체적으로 보면 감정 조절의 문제는 거의 없다는 게 전문가들의 감정 소견이었다. 그러니까 영악한 채병호, 아버지의 각본에 따라 움직이며 수사에 혼선을 준 것이다.

"수감자들이나 직원들이 볼 때, 검찰 조사 때도. 나아가 변호사 앞에서도 가끔씩……."

―리얼한 연기.

아버지의 주문이다.

"알았지?"

끄덕!

채병호의 고갯짓을 마지막으로 면회는 끝났다.

구치소 수감실로 돌아온 채병호, 구석에 누워 책을 펼쳤다. '통합실조증'이라는 단어가 쏙 들어왔다. 그걸 바라보면서 혼자 중얼거린다.

"우리 아빠, 의대를 수석으로 들어갔다면서 머리가 이거밖에 안 되나? 통합실조증보다는 아스퍼거 증후군이 훨씬 간단한데 말이야."

"……!"

그 한마디에 창규의 피가 얼어붙었다. 오싹하지 않을 수 없는 것이다. 채병호… 제 아버지까지 속이고 있었다. 이제 보니 채병호는 열여덟이 아니었다. 성인 뺨치는 치밀함에 간교함, 거기에 더해 지능까지 갖춘 것이다. 그렇다면 채병호는 사이코패스 쪽도 아니었다.

'소시오패스.'

창규, 심장에 얼음 가루가 뿌려진 것 같았다. 그는 소시오패스였다.

사이코패스의 특징은 후회나 죄책감이 없고 공감 능력이 부족하다는 것. 화술에 능해 과장이 심하며 거짓말과 속임수에 능통하다. 나아가 충동적이고 자극을 추구하지만 절제력이 약한 데다 책임감이 없어 문제를 일으키면 표면화되는 경우가 많다.

하지만 이 아이, 채병호는 그와 반대였다. 자로 잰 듯한 감정절제에 머리까지 좋다. 예절도 바르고 호의적이다.

그러나 그의 신분은 어린 고교생.

고교생.

이게 바로 함정이었다. 공부를 잘하는 데다 나이가 어리기에 그런 특성들이 간과되어 버린 것이다.

어리니까 예의가 있는 거지.

좋은 집안에서 자라 교양이 있네?

머리 좋은 건 원래 공부를 잘하는 아이니까.

선입견, 그 선입견에 더한 정신감정 소견서, 그것 때문에 프로파일러와 수사관, 전문가들까지 놓치고 간 부분이었다.

이혁재는 부장검사실에 있었다. 그는 창규를 기다리는 중이다. 심리검사가 끝나자 창규가 잠깐의 시간을 요청했다. 확인할 게 있다는 말이었다.

'단서를 잡았을까?'

이혁재는 궁금했다. 중간에 복도로 나갔던 창규. 뭔가 감을 잡은 눈치였다. 그렇기에 이혁재는 창규가 그 단서를 확인하러 간 게 아닐까 생각하는 중이었다.

동시에 신기하기도 했다. 검찰 수사 기법에는 최면술이 있었다. 피의자나 피해자에게 최면을 걸고 기억을 상기시키는 것이다. 그 최면술 대가의 한 사람은 예지력이 좋았다. 그는 피의자를 보면 바로 신호를 보낸다. 피식 웃으면 수사가 쫙 풀린다. 제아무리 오리발에 익숙한 범인이라도 절반은 녹아나는 것이다.

원래는 미신이나 예지력 같은 것에 관심도 없던 이혁재. 그 수사관 덕분에 골치 썩이던 사건을 두 번이나 해결했었다. 사실 이번에 창규를 찾아간 것도 그가 발단이었다.

"감이라는 건 말이죠, 예측불허입니다. 일생에 단 한 번 오는 사람도 있고 몇 번, 혹은 자주 오는 사람도 있지요. 요는 파장입니다. 서로 파장이 맞으면……."

최면 수사관은 채병호를 당하지 못했다. 그도 인간이기에 통하지 않는 사람이 있었다. 그게 바로 채병호였다.

창규는 2시간쯤 후에 돌아왔다. 온몸에 땀이 흥건한 모습이었다.

"강 변호사님."

기다리던 이혁재가 자리에서 일어섰다.

"세 달 전에 여자 어린이 실종사건이 있었습니다."

창규가 다짜고짜 말문을 열었다.

"……?"

"이름은 김성애, 나이는 아홉 살, 초등학교 1학년."

"강 변호사님?"

"확인해 주시겠습니까?"

"……?"

"채병호와 관계가 있습니다."

"알겠습니다."

책상에 앉은 이혁재가 사건 검색을 시작했다.

"있습니다. 실종 처리 되었는데요?"

"채병호 사건 장소에서 1.2㎞ 떨어진 곳에서 벌어진 일입니다."

"그렇군요?"

지도를 확인한 이혁재가 대답했다.

"그거 채병호 짓입니다."

"……!"

"장소를 제보받았습니다. 수사관들 데리고 가보시죠."

"강 변호사님?"

"채병호를 보다 보니 초범이 아닌 듯한 감이 왔습니다. 그래서 저와 네트워크를 이룬 빨대들에게 물었더니 정보를 알려주더군요. 그들만의 채널이 있는데 세 달 전에 일어난 여자 어린이 실종이 아무래도……"

빨대는 제보자들이다. 이혁재는 그 은어를 알고 있었다.

"하지만……"

"아이는 죽었답니다. 사체는 범행 장소에 있던 고물 냉장고 냉동 칸에 넣었고, 범행에 사용한 주방용 고무장갑은 거기서 800미터쯤 떨어진 하수구의 틈새로 유기."

"강 변호사님……"

"한 번만 확인해 보십시오. 그들 채널에 올라왔던 글인데 아주 구체적이었다고 합니다."

"……."

"어렵습니까? 범인을 제압할 수 있는 결정적 증거가 될 수도 있는데."

"범행 장소와 증거 유기 장소가 구체적이라고요?"

"예."

"뭐 그렇다면야……."

이혁재가 비로소 행동에 들어갔다. 그는 검사와 더불어 수사관 여섯 명을 이끌고 현장에 도착했다. 창규도 동행이었다. 폐업 식당은 아직도 비어 있었다. 건물이 경매에 넘어간 까닭이었다. 문제의 냉장고는 보이지 않았다. 이혁재는 수사관을 두 방향으로 전개시켰다.

"이 지하실에서 중고 냉장고와 주방 기구를 고물상에 판 적이 있답니다."

수사관들은 금세 폐업 식당의 히스토리를 뽑아왔다.

"구매해 간 고물상 수배해."

이혁재가 지시를 내렸다. 곧이어 다른 팀에서 낭보가 날아왔다.

"하수구 안에서 고무장갑과 테이프 말린 걸 발견했습니다."

이혁재의 얼굴에 긴장감이 스쳐 갔다. 그때 검사의 전화기가 울렸다.

"어, 그래? 알았어. 현장 보존하고 감식반부터 불러."

"뭔가?"

이혁재가 검사에게 물었다.

"부장님, 폐냉장고 발견했는데 냉동고에 사체가 들어 있었답니다. 다음 주면 폐기 처리 될 예정이었다고……."

"그래?"

이혁재의 시선이 창규에게 건너왔다.

'고맙소.'

이혁재의 눈동자가 말했다.

"이건 사건인데 채병호는……."

창규가 담담하게 말을 이었다.

"사이코패스가 아니라 소시오패스로 보입니다."

"소시오패스?"

그 말과 함께 몇 가지 자료를 건네주었다. 자료에는 채낙수가 허위로 만든 정신병원 치료 전력도 포함되어 있었다. 중1과 중3 때 받았다는 누산의원의 치료. 거기서 처방받았다고 주장한 리스페리돈(Risperidone)과 올란자핀(Olanzapine)은 허구였다.

처방은 지인 관계인 원장을 꼬드겨 가짜 기록을 만들었다. 그 기록이 완벽해 이의를 제기하지 못한 검찰. 하지만 채낙수는 약국의 투약 기록까지는 만들지 못했다. 그의 실수였다. 따라서 의료 기록을 압수해 감정하면 밝혀질 일이었다. 거기에 더해 정신병으로 몰아가기 위해 바이블로 건네준 소설책. 그 밑줄 또한 채병호의 가면을 벗기는 데 도움이 될 일이었다.

"혹시 끝까지 자백을 하지 않거든 이 한마디를 전해보십시오. 흰 고양이의 피."

"흰 고양이요?"

"저 찾아왔을 때 이런 말 하셨죠? 초범의 솜씨가 아니라고."

"예……."

"저를 도와주는 제보자들 정보로는 이 친구가 고양이를 많이 죽여봤다더군요. 그 악마성이 사람을 대상으로 옮겨간 건지도……."

"……."

"그럼 저는 이만……."

창규는 고개를 꾸벅하고는 차에 올랐다.

"후우!"

핸들에 기대 팽팽한 날숨을 밀어냈다. 긴 하루의 끝이었다.

다음 날, 창규는 이혁재의 전화를 받았다.

─강 변호사님.

이혁재 부장검사는 다소 들떠 있었다.

─채병호가 자백을 했습니다. 전부 다 털어놓았다고요.

"그래요?"

—고물상의 폐냉장고와 하수구에서 나온 고무장갑에서 놈의 DNA와 지문이 나왔거든요. 거기에 더해 정신병원 약과 소설책의 내용을 대입시켰더니 사색이 되더군요.

"……."

—그 녀석 미친 듯이 웃더니 누구 머리냐고 하더군요?

"……."

—그래서 흰 고양이의 피라고 대답해 줬지요. 한 번 더 파안대소를 하더니 그때부터 좔좔 풀어놓더군요.

"다행이네요."

—덕분에 수사가 급물살입니다. 피의자 부모와 변호인들도 더 이상 통합실조증에 대해 입도 벙긋 못 하고 있습니다.

"예……."

—언제 인사드리러 가겠습니다.

"바쁘신데 별말씀을. 희생자 어머니나 잘 위로해 주시면……."

—아, 손예은 어머니 이규희 씨 말인데요, 아마 변호사님 찾아갈지도 모릅니다.

"저를요?"

—사건이 고속으로 진행되자 눈치를 차린 건지 자꾸 물어요. 그래서 강 변호사님의 힌트가 도움이 되었다고 말을 했더니……

"알겠습니다."

그 말과 함께 창규 사무실 문이 열렸다.

"변호사님."

미혜였다. 그녀 뒤에 선 이규희가 보였다.

"변호사님."

미혜가 보고하기도 전에 이규희가 달려들었다. 창규 앞으로 온 그녀, 허리가 부러져라 숙이며 인사를 해왔다.

"부장검사님께 들었어요. 정말 고맙습니다. 고맙습니다!"

"아닙니다. 저야 겨우 작은 힌트 하나……."

"아니에요. 우리 예은이……. 이제야 겨우 눈을 감을 겁니다. 이거 받아주세요."

이규희가 작은 뭉치 하나를 내밀었다.

"아닙니다. 이런 건 필요 없어요."

"제 성의예요. 그러니……."

이규희는 창규 주머니에 뭉치를 찌르고는 인사와 함께 복도로 나갔다. 창규가 창가로 걸었다. 인도로 나간 이규희가 또 인사를 해왔다. 그녀는 멀어질 때까지 하염없는 인사를 보냈다. 그때까지 창규 손에는 뭉치가 들려 있었다. 내용물이 따뜻했다. 보지 않아도 뭔지 알 수 있는 이것. 그녀의 마음을 오롯이 담아 구워냈을 호떡. 방금 담아 온 듯 따뜻했다.

한 입 베어 물었다.

꿀보다 달았다.

창규는 빌었다. 상처받은 그녀의 마음이 이 호떡의 온기처럼 따뜻해질 수 있기를.

    *   *   *

그날 저녁, 창규는 이재명 부장판사를 만났다. 허름한 홍어회집의 내실이었다. 수임을 의뢰할 사람을 소개한다는 자리. 사실 굉장한 사람이라는 언질과는 어울리지 않는 음식점이었다.

"안녕하십니까?"

인사와 창규가 함께 들어섰다. 이재명이 먼저 와서 자리를 잡고 있었다.

"앉으시게."

그가 자리를 권했다. 테이블 위에는 물밖에 없었다.

"곧 도착하신다는 전갈이 왔네."

설명하는 이재명의 표정에 긴장감이 서렸다.

대체 누굴까?

그 굉장한 사람……

감사원장이나 검찰총장이라도 되는 걸까? 아니면 헌법재판소장이나 대법원장… 아니, 창규가 고개를 저었다. 그보다는 조금 다른 쪽으로 촉을 옮겼다. 국민 배우 송강오? 국민 스포

츠 스타 박창호? 인기 절정의 앵커 손삭기? 닥치는 대로 꼽아 보지만 실감이 나지 않았다.

꿀걱!

물만 마셨다.

꿀걱!

한 잔 더 마셨다. 그때 이재명의 전화기가 울렸다.

"오셨군."

이재명이 옷깃을 여미며 일어섰다. 창규도 함께 일어섰다. 이재명의 시선이 문에 꽂혔다. 일종의 비장미까지도 엿보인다. 젠장, 대체 얼마나 거물이기에… 창규도 자세를 바로잡았다.

저벅!

발소리와 함께 '딸깍' 문이 열렸다. 홍어회집의 늙은 주인이었다. 문제의 인물은 주인 뒤에 서 있었다. 이재명이 정중히 그를 맞았다.

"만나서 반갑습니다."

안으로 들어선 그가 창규를 향해 손을 내밀었다. 얼떨결에 손을 잡고 고개를 든 창규, 그대로 얼어붙고 말았다.

"……!"

쩌억!

대뇌에 금 가는 소리가 들렸다. 이 사람… 대한민국 최고로 꼽히는 사람 옆에 이따금 보이던 사람이었다. 그 최고는 대한

민국 헌정 사상 두 번째 여자 대통령. 그러니까 그는 대통령의 부군이었다. 대한민국 대통령 정순혜의 남편 민선욱.

민선욱.

이 사람?

'그렇다면 대통령의 이혼 건?'

콰앙!

상상만으로도 장쾌한 벼락이 창규 머릿속을 후려쳤다. 대통령의 이혼 건이라니… 오 마이 갓.

음식이 들어왔다. 질박한 홍어회였다. 주인장이 들어와 직접 세팅을 했다. 귀하다는 홍어 애와 코도 보였다.

"드세요."

민선욱이 창규에게 음식을 권했다. 대통령의 부군답게 중후한 저음에 기품까지 가득했다.

"예……."

창규가 젓가락을 들었다.

"여긴 내 수십 년 단골입니다. 지금은 자주 오지 못하지만요."

민선욱이 설명했다. 짐작이 갔다. 대통령은 아니지만 그 부군. 그 또한 아무 데나 가서 소주 한잔 마실 수 있는 입장은 아니었다.

"경호원이 왔나요?"

이재명이 물었다.

"한 친구 왔네. 청와대 규정이다 보니……."

민선욱이 웃었다.

"말씀드린 강 변호사입니다. 직접 보니 어떻습니까?"

"이 판사 추천인데 내가 뭘 더 바라겠나?"

민선욱의 시선이 창규에게 건너왔다. 창규는 가만히 고개를 숙여 보였다.

"여기 맛도 많이 변했군요. 전처럼 톡 쏘지는 않는데요?"

"그래도 주인장이 나 때문에 한 이틀 더 삭힌 거라고 하시더군. 요즘은 너무 삭히면 손님들이 싫어한다고……."

"예……."

"어쩌면 우리가 늙은 건지도 모르지. 이 판사도 조금 늙었어. 옛날 초임 때는 리처드 기어 저리 가라였는데."

"별말씀을. 선배님이야말로 하이틴 영화의 주인공을 못지않으셨습니다."

"아내 여의고 마음고생 많았지? 그나마 다시 마음에 맞는 사람과 만나고 있다고?"

"청와대에서 제 사찰도 하는 겁니까? 그 소식까지 아시다니……."

"다른 사람은 몰라도 이 판사 사찰은 하고 있지. 지상에 하나뿐인 내 편 아닌가?"

민선욱이 선하게 웃었다. 지상에 하나뿐인 내 편. 그 말은 창규 귓바퀴에 한참을 맴돌았다.

"과찬이십니다."

"그나저나 이러다 이 판사, 우리 각하에게 찍혀서 옷 벗는 거 아닌가 몰라? 강 변호사 소개해 줬다고 말이야."

"대통령께서 마음이 더 각박해진 모양이군요?"

"정치가(政治家) 아닌가? 정치라는 거, 부모 형제도 필요 없는 자리라네. 오직 권력이지."

"배우자는 어떻습니까?"

"필요하지."

"그나마 다행이군요."

"이미지 관리를 위해."

"……"

한발 늦게 나온 민선욱의 대답. 홍어회를 집던 이재명의 손을 멈추게 만들었다. 언중유골이라더니 의미심장한 말이었다.

8. 대통령 이혼소송

"하핫, 이거 귀빈 모셔놓고 우리끼리 폭주하는 건 아닌가 모르겠군."

민선욱의 시선이 다시 창규에게 건너왔다.

"개의치 마시고 말씀 나누십시오. 귀동냥만 해도 큰 공부가 될 것 같습니다."

창규가 예의를 갖추었다.

"내 대학 선배시라네. 진로를 고민할 때 사법고시를 추천해주신 분이지. 힘들어할 때마다 질책도 아끼지 않으셨고… 귀한 그림 선물도 해주시고… 선배님이지만 스승 같은 분이시라네."

이재명이 둘의 관계를 알려주었다.

"당치도 않네. 이 판사야말로 내 평생의 귀감이시지."

민선욱이 웃었다.

"어이쿠, 내 정신. 그럼 두 분이 말씀 나누십시오. 저는 내
일 중요한 선고가 있어서……."

이재명이 일어섰다. 자리를 비켜주는 것이다.

"저 친구가 저렇다니까. 저러니 동기들 법원장 해먹을 때 아
직도 부장판사 못 떼고 있지."

"예……."

창규가 보조를 맞췄다. 대한민국, 그럴 때는 개한민국이다.
정직하고 바른 사람은 많은 경우에 손해를 보는 시스템이기
때문. 착한 사람이 복받는다는 말은, 적어도 조직이나 직장에
서는 구두선에 불과했다.

"결혼은 하셨고?"

"예."

"얼굴을 보니 부부 관계가 원만한 모양이군."

"아닙니다. 늘 토닥거리며 사는걸요."

"내가 이혼 문제 때문에 강 변호사 만나러 왔다는 건 알고
계시지?"

"예."

"혹시 실망하지는 않았나?"

"예?"

"대통령의 남자쯤 되는 인간이 품격도 없이 다 늙어 이혼이 라니… 국격을 생각해 조용히 살지 말이야 하고."

"죄송하지만 이혼과 국격은 별 상관이 없는 것으로 알고 있습니다."

"위로가 되는 말이군."

"……."

"내가 원하는 건 두 가지라네. 첫째 이혼, 둘째 대통령이 소유한 청암 MEC 지분. 하나 더 붙이면 조용한 이혼……."

"……."

"아, 일단 수임 계약서부터 써야 하나?"

"그 전에 몇 가지 질문을 드려야 합니다."

"준비되었으니 시작하시게."

"……."

"괜찮네. 뭐든 부담 갖지 말고……."

"혹시 대통령께서도 이혼을 원하십니까?"

"우리 각하?"

"예."

"그 사람은 절대 NO네."

"말씀은 드려보았습니까?"

"신호는 보냈지. 늘 그렇듯이 무시당하고 말았지만."

"그렇다면 대통령께서 이혼을 당할 만한 유책 사유가 있습니까?"

"내 생각에는 단언코 그렇네."

단언코!

민선욱의 목소리에 확신이 실렸다.

창규는 더 묻지 않고 계약서를 꺼내 놓았다. 이재명을 믿는 창규, 역시 이재명을 믿는 민선욱. 그렇게 만난 사이이니 그 정도면 충분했다.

"됐나?"

민선욱은 단숨에 신상과 사인을 적어 넣었다.

"예."

"받으시게."

민선욱이 봉투를 내밀었다.

"우리 대통령의 유책 사유라네."

봉투는 밀봉이 아니었다. 손을 넣자 딱 한 장의 종이가 잡혔다. 그걸 집어낸 창규의 시선이 정지되었다.

―예술가라는 인간이…….

종이에 적힌 건 단 한 마디였다.

"민 박사님."

창규가 민선욱을 바라보았다. 그는 미술학 박사 학위를 가지고 있었다.

"설명이 필요하지요?"

"……."

"당연히 사연이 있는 말입니다."

민선욱, 쓸쓸한 미소로 말을 이어갔다.

옛날 일이었다. 파리 유학을 마치고 돌아온 민선욱, 여대에서 조교수로 교직을 시작했다. 정순혜와 결혼한 지 2년 만이었다. 뒷심은 처가에서 보태주었다. 장인 정종철이 4선의 대통령 후보군이었던 것. 그런 권력이라면 그 당시 그런 일쯤은 여반장이었다.

어쩌다 사고가 났다. 상대는 여자 전임 강사 이미도였다. 사실은 민선욱과 미대 동기였다. 미술학도 시절 호감을 가지고 있었던 두 사람, 여대 강단에서 해후를 했다. 처음에는 그저 커피 한잔 마시며 일상 얘기를 하는 정도였다.

하지만 민선욱은 처가의 위세에 스트레스를 많이 받았다. 정순혜는 남들에게 보이는 얼굴과 남편 대하는 태도가 180도 달랐다. 타인 앞에게는 친절하고 교양 있게 굴지만 민선욱과 둘이 되면 그 스트레스를 모조리 퍼붓는 여자였다.

그런 까닭에 민선욱은 이미도와 함께 있는 시간이 편했다. 그뿐이었다. 이때까지는 이미도에게 연정은 없었다. 둘은 국선 출품작 준비를 함께했다. 이때는 방귀 좀 뀌는 화가가 되려면 국전에서 상을 받는 게 필요했다.

어느 날 장인이 호출을 했다. 유명한 명화의 모작을 부탁했다. 정치자금을 대주는 거물 기업가의 그림 바꿔치기에 사위 등을 민 것이다.

회사 돈으로 사들인 명화 자리에 모작을 걸어두고 진짜는 사업가 집으로 빼돌리는 것. 혹은 그걸 처분해 정치자금으로 쓰는 것. 그러나 순수 예술가에겐 명예를 짓밟히는 일이었다. 민선욱은 고민했지만 도리가 없었다.

"자네 누구 덕분에 교수가 되었나?"

"내가 살아야 자네도 사는 거야."

장인의 두 마디가 쥐약이었다.

"당신 명예가 그렇게 중요해?"

"그 명예 누가 만들어준 건데?"

고뇌하는 민선욱에게 정순혜는 도움이 되지 않았다. 별수 없이 모작을 그려내고 말았다. 마음을 크게 다친 민선욱, 위로받을 곳은 이미도뿐이었다. 예술혼을 아는 그녀. 둘이 만나 신세 한탄을 하다가 선을 넘고 말았다.

민선욱은 운도 없었다. 용의주도하지 못하기에 첫 탈선의 현장을 정순혜에게 들켜 버린 것. 학교 조교를 구워삶아 놓은 정순혜가 미행을 붙였던 것이다.

쫘악!

그 자리에서 따귀가 날아왔다. 거푸 세 대였다. 페니스 부분을 잡히고 끌려다니는 개망신까지 당한 끝에 각서를 쓰고서야 일단락이 되었다. 수치와 모욕감에 이혼하고 싶었지만 뜻대로 되지 않았다. 이미도와 그 집안을 매장시키겠다는 협박 때문이었다. 결국 이미도는 강제 해직에 한국을 떠나는 신세가 되고 말았다. 그때부터 민선욱에게 능욕의 꼬리표가 붙었다.

ㅡ예술가라는 인간이!

모욕과 저주, 냉소와 멸시가 함축된 말이었다.

이때부터 정순혜는 민선욱의 머리 위에 살았다. 남들 앞에서는 현모양처에 공손한 아내지만 단둘이 있는 시간에는 멸시와 냉소를 멈추지 않았다. 그 강도는 점점 크고 가혹하게 변해갔다.

그 보상인지 장인은 민선욱에게 당근을 쥐어주었다. 초고속으로 정교수를 만들어주었고 국가적인 행사에 총감독 자리를 내주었다. 나름 마음이 반듯한 민선욱, 자신의 유책 사유가 있으니 이혼 이야기를 꺼내지 못하고 수십 년이 흘러 버렸다. 그사이 정순혜는 대통령이 되었다.

아버지의 정치 유산이 바탕이었다. 여당의 간판스타였던 민선욱의 장인. 대선 후보 경선에서 경쟁자에게 통 큰 양보를 해주었다. 그 과정 또한 한 편의 드라마처럼 명쾌했다. 야당과

시소게임을 벌이던 여당의 인기가 하루아침에 뛰었다. 덕분에 여당 대표는 일방적인 리드로 대통령이 되었다.

거기서 정순혜가 부각되었다. 나중에 장인이 인터뷰를 하면서 그 아이디어와 정치적 결단의 정순혜의 조언이었다고 밝힌 것. 다음 총선 때 아버지 지역구를 물려받아 당선된 정순혜는 정치 꽃길을 걸었고, 그녀의 아버지를 기억하는 유권자들의 지지로 청와대 입성에 성공한 것이다.

"그런데⋯⋯."

사연을 들은 창규가 조심스레 운을 뗐다. 수십 년을 참고 살았다. 그런데 왜? 하필이면 아내가 대통령이 된 지금에 와서 이혼을 생각하는 것일까? 조금 당겼거나 조금 늦추면 좋을 것을⋯⋯.

"⋯⋯."

창규 말을 들은 민선욱이 조용히 웃었다.

"사연이 하나 더 있습니다."

민선욱, 탁주를 한 잔 넘긴 후에 말을 이어놓았다.

이미도 때문이었다. 프랑스로 떠난 이미도, 알고 보니 엄청난 고생을 했다. 뜻밖에도 서울의 지원이 끊겨 버린 것. 그래도 절치부심 노력한 끝에 유럽에서 알아주는 화가가 되었다.

한국과는 먼 파리. 그러나 정순혜가 아버지의 정치적 유산을 물려받아 지도자로 부각되면서 그녀도 민선욱의 소식을 알게 되었다. 결국 두 달 전의 스페인에서 두 사람이 만났다.

병원이었다. 모진 고생으로 암을 얻은 그녀가 절명하기 보름 전이었다. 말기 호스피스 병상의 그녀. 자신의 모든 것을 공익 재단에 기부하고 빈 몸으로 누운 이미도. 민선욱 때문에 꼬인 그녀의 인생 여정이었다. 민선욱은 마음이 아팠다.

"그때 알았습니다. 그녀가 프랑스로 쫓겨날 때 아내와 장인이 몹쓸 짓을 저질렀다는 것. 나는 몰랐다는 건 위로가 되지 않았지요. 이제 와서 내가 할 수 있는 건 그녀의 손 한번 잡아주는 것뿐. 마음속으로 약속했습니다. 당신의 생명은 돌려주지 못하지만 당신 아버지의 회사는 돌려주겠다고."

설명하는 민선욱의 표정에 그늘이 짙었다.

정순혜와 장인의 몹쓸 짓.

그건 이미도 부친의 회사 문제였다. 당시 막 사세를 키우던 반도체 회사. 기술력이 쏠쏠해 전망이 밝던 회사였다. 장인이 그 회사를 먹어버린 것이다. 은행 융자에 문제가 없는 회사의 돈줄을 막아 적자를 유도하고 삼자를 내세워 헐값에 인수를 했다. 이미도의 부친은 나중에야 음모를 알았다. 그는 유서를 쓰고 자살했지만 경찰 수사 과정에서 유서가 사라져 버렸다. 수십 년 전이기에 가능한 일이었다.

그 폭풍은 오롯이 이미도에게 돌아갔다. 홀아버지 밑에서 자란 이미도. 부친의 지원이 끊기자 속된 말로 개고생을 하며 예술혼을 불태운 것. 그 말을 들은 민선욱은 피가 거꾸로 흘렀다.

그날……

단 한 번의 실수.

이건 용서가 아니라 천형의 주홍글씨, 그 이상의 낙인이었다. 더구나 정순혜, 아직까지도 걸핏하면 민선욱을 닦아세우던 참이었다.

끝내자!

민선욱이 결단을 내렸다.

"예술가라는 인간이……"

들을 때마다 암 덩어리가 되는 것 같은 냉소의 목소리 또한 더 듣고 싶지 않았다.

"이게 핵심이라오. 나머지 소소한 것이야 열 손에 꼽아도 모자라지만."

"……"

"이게 팩트지만 법원에 제출하기는 곤란한 일이라오. 나도 그렇고 대통령도 그렇고. 나는 이제 대통령의 그물에서 벗어나고 싶은 것이지 대통령을 죽일 생각은 없다오. 어쨌든 내가 실수한 것, 그 사람 집안의 후광을 입은 것 또한 사실이니까."

"……."

"사안이 이렇다 보니 믿을 만한 사람이 필요했던 거라오. 강 변호사가 내 생각대로 일을 마무리 지어주면 내가 가진 헛된 직책 다 내려놓고 고향으로 돌아가 그림이나 그리며 살까 합니다."

"법정으로 가기는 원치 않으시는군요."

"그렇죠."

"대통령과는 이야기를 나눠보셨습니까?"

"언질을 줘봤지요."

"뭐라고 하시던가요?"

"예술가라는 인간이… 라고 하더군요. 그 사람이 나를 조소할 때 즐겨 쓰는 표현이지요. 잔소리 말고 대통령 남편으로서 체통이나 지키라는 겁니다."

"제가 대통령님을 만나볼 수 있습니까?"

"그 사람이야 탐탁지 않겠지만 만날 수밖에 없지 않겠습니까? 내 얘기는 흘려들어 버리니……."

"……."

"수임료는 1억을 드리겠소. 사안으로 보면 10억을 줘도 쉽지 않을 줄 알지만……."

민선욱과의 독대는 그것으로 끝났다.

대통령.

어려운 상대였다.

그녀도 단 한 사람의 변호사를 선임한다면 누굴 고를까? 어마어마한 중량급이 될 것은 의심할 필요도 없었다.

이런 경우라면 반드시 쌍식귀의 리딩이 필요했다. 자칫하다가는 창규의 변호사 생명이 끝날 수도 있는 일. 그렇게 되면 혼귀왕들의 수임을 이루기 힘드니 그 또한 생명이 작살날 일.

'응?'

거기서 창규 머리에 빛이 들어왔다.

이혼.

민선욱의 말에 의하면 이 부부 역시 위선자 커플에 속했다. 대통령. 어쩌다 민선욱과 함께 등장할 때면 현모양처의 표본으로 사랑이 넘치는 척 가식적 연출을 하고 있었던 것.

—아내로도 모범적인 대통령.

—화목한 부부의 전형.

그녀를 보는 외부의 평판도 그랬었다.

'그렇다면 역제의.'

창규의 피가 후끈 달아올랐다. 혼귀왕과의 계약이 그랬다. 그들이 의뢰를 하지만 경우에 따라서는 창규의 역제의도 허락하기로 했던 것.

'오케이!'

창규가 주먹을 그러쥐었다. 어쩌면 쌍식귀 사용권 고민이 해결될 것도 같았다.

"오셨어요?"

집에 도착하자 순비가 반겼다. 오늘따라 얼굴이 더 창백해 보이는 게 컨디션이 나쁜 것 같았다.

"병원은?"

이마에 키스를 전하며 물었다.

"다녀왔어요."

"한 원장님께서 별말씀 없고?"

체크하는 건 신장이식 때문이다. 한 번도 콕 집어 신장이라고는 말하지 못했다. 이미 신장 적합성 검사에서 불합격을 선언받은 창규. 운명의 날이 온다고 해도 아내에게 해줄 게 없는 까닭이었다.

"늘 그렇죠, 뭐. 주스 한 잔 드려요?"

"응, 서재에 부탁해."

그렇게 말하며 공주님 방문을 열었다. 승하는 이불까지 차낸 채 씩씩하게 자고 있었다. 숨결이 새근거린다. 낮에 건강하게 뛰어놀았다는 증거다. 도톰한 볼에 뽀뽀를 하고 아이 방을 나왔다.

"먼저 자. 나 좀 검토할 의뢰 건이 있어서."

"너무 무리하지 마세요."

순비는 창규의 말을 따랐다.

딸각!

문이 닫히자 서재는 혼자만의 공간이 되었다. 현대인에게 있어 서로를 구분 짓는 건 벽이었다. 벽 하나면 세계가 분리된다. 사랑도 마찬가지다. 마음에 벽을 세우면 끝장이다. 가까이 있어도 서로 투명인간이 되는 것이다. 너는 너, 나는 나. 지구와 안드로메다 사이만큼이나 멀어져 버리는……

대통령…….

테이블 위의 신문에 그녀가 보였다. 몇 장을 넘기자 민선욱과의 사진이 나왔다. 쿠웨이트 국왕 알 사바의 방한 때였다. 대통령이 민선욱에게 정답게 속삭이는 얼굴이다.

'다사로운 마음과 그윽한 애정이 깃든 우아한 시선.'

기자의 한 줄 기사는 그랬다. 내친 김에 검색을 했다. 딸려 나온 대통령과 민선욱의 사진들은 한 쌍의 원앙이었다. 대통령 선거 때도 그랬고 투표장에서도 그랬고, 민생 탐방이나 외국 귀빈 영접에서도 그랬다. 정답게 손을 잡고 청와대 녹지원의 황금 소나무 아래를 산책하는 모습은 한 편의 명화처럼 보였다.

위선이다.

민선욱의 말에 의하면.

젠장, 대통령조차 믿을 수 없다니.

쓸쓸한 마음에 두둑을 집어 들었다. 한 손으로 스위치를 눌러 불을 껐다.

　후우웅두우웅!

　어둠이 내린 서재 안에 두둑이 아련한 멜로디를 피워 올렸다. 오늘, 지금의 창규 마음 같은 소리였다. 혼귀왕은 창문으로 통해 등장했다. 몽달천황 혼자였다.

　"나를 찾은 게냐?"

　스산한 안개를 풀썩이며 그가 물었다.

　"예. 왕신여제님께선?"

　"팔도 귀신들의 회의가 있어 대표로 나가셨다."

　"예……."

　"무슨 일이냐?"

　"다름이 아니고……."

　창규가 대통령 부부 사진을 꺼내 보였다.

　"신문?"

　"이 나라 대통령 부부입니다."

　"그래서?"

　"이분들을 혼귀국의 이름으로 이혼시킬까 합니다. 대상이 되는지 심사를 부탁드립니다."

　"변호사가 고른 破?"

　"그렇습니다."

　"원한 관계냐?"

"아닙니다. 제가 판단컨대 이분들도 혼귀국의 원성을 사는 위선적 부부의 표본이기에……."

"쌍식귀 사용권 때문은 아니고?"

"제가 정할 수도 있다고 하지 않았습니까?"

"그렇긴 하지. 하지만 사적 감정의 개입이라면 벌칙도 감수해야 할 일."

몽달천황의 목에 힘이 들어갔다.

"감수하겠습니다."

"그 벌칙에 대해서는 말하지 않았으니 여기서 정해야겠군."

"……."

"우리 양자가 서로 인지하는 조건이 하나 있지?"

"……!"

몽달천황의 암시에 창규의 정신 줄이 바짝 당겨졌다. 둘 다 인지하는 조건 하나. 그건 시내버스 30배 벌금 조항이었다.

"몽달천황님……."

"뭐 피차 인지된 것이니 이의 제기가 필요 없는 것으로 보네만… 만약 변호사가 억울하다고 한다면 우리에게 덤터기를 씌운 것 아니겠나?"

"……."

"수용하겠나?"

"……."

창규는 잠시 침묵했다. 시내버스 부정 승차 30배 벌금. 그걸 적용해 30건의 수임을 면제받았고 그로 인해 3회의 쌍식귀 사용권을 받았던 창규였다.

그러나 이 건에 대해 확신이 선 창규, 그대로 콜을 불렀다.

"수용합니다!"

"그럼 잠시 눈을 감았다가 사진을 보시게나. 얼굴에 표식이 나오면 변호사의 수임 요청이 허락된 것이고 나오지 않으면 지난번에 추가한 30회는 없었던 것으로. 아울러 앞으로 수임될 세 건의 의뢰에 대해 성공한다 해도 쌍식귀 사용권은 3회 제한될 것이네."

"……."

"행운을 비네."

안개와 함께 몽달천황의 모습이 사라졌다.

창규가 눈을 감았다. 짧은 시간임에도 어깨가 떨렸다. 그저 가부만 정해줄 줄 알았던 혼귀왕. 창규의 정신 줄을 바짝 당겨놓고 사라졌다. 역시 세상은 공짜가 없었다.

"……!"

눈을 떴을 때, 창규는 신문지 위에 엎드린 채였다. 깜박 잠이 든 모양이었다. 서재는 여전히 어두웠다. 손을 뻗어 불을 켰다. 그런 다음, 천천히 신문을 향해 시선을 돌렸다.

'윽!'

대통령 부부의 얼굴을 보던 창규, 미간이 몇 겹으로 구겨졌다. 破가 보여야 할 두 사람의 볼. 침에 젖은 건지 땀에 젖은 건지 물기만 촉촉할 뿐 글자의 흔적은 보이지 않았다. 신문을 들어 등 가까이로 갔다. 거기서도 변화는 없었다.

툭!

손에 든 신문이 떨어졌다. 대통령 부부의 애정이 위선은 아니라는 얘기. 아니, 설령 위선이라고 해도 혼귀왕들의 기준에는 부합하지 않는다는 얘기. 그도 아니면 민선욱의 말이 거짓이라는 얘기.

'망했군.'

손끝에서 경련이 일기 시작했다. 욕심을 부리다 화를 자초한 것이다. 신문을 집어 책상 위에 던졌다. 불을 끈 창규, 벽을 짚은 채 돌아섰다. 맥이 풀려 눈앞이 보이지 않을 정도였다. 문까지 가는 동안에도 머릿속에는 카오스의 혼돈이 출렁거렸다.

하필이면 대통령.

그 무게에 눌린 창규가 책상을 돌아보았다. 그때였다. 신문 위에 짧은 빛이 아른거렸다.

'응?'

창규가 시선을 가다듬었다. 창밖에서 들어온 빛일까? 아니, 그건 아니었다. 신문을 향해 걸음을 떼었다. 그리고, 두 눈이 그 빛에 닿았을 때 빛은 그대로 희망이 되었다.

破!

빛의 정체는 글자였다. 대통령과 민선욱의 볼에 나란한 두 글자. 대통령의 것이 더 거칠고 선명한…….

'오 마이 갓.'

창규가 신문을 집어 들었다. 사진 위에 떨어진 물기가 마른 자리. 그 물기가 모여 빛이 된 글자. 두 번 보고 세 번을 봐도 破가 분명했다.

나이스!

창규는 주먹을 움켜쥔 채 부르르 떨었다. 신념이 통했다. 민선욱은 거짓말쟁이가 아니었다. 두 가지 팩트로 인해 피가 끓어오르는 창규였다.

탁!

창규가 나가면서 서재 문이 닫혔다. 그 어둠 속에 두 혼귀왕이 나타났다.

"왜 변호사를 골려먹고 그러세요."

왕신여제가 말했다.

"골려먹은 게 아니라오. 저놈의 침이 글자를 가린 거지."

"침을 흘리게 하셨잖아요?"

"그거야… 아무래도 인간이란 존재가 너무 쉽게 얻으면 고마운 줄을 모르기에……."

"아무튼 강 변호사 제법이네요. 정순혜도 언젠가 손봐줄 참이었죠?"

"우리 생각보다 통이 큰 친구인 모양입니다."

"그렇기에 저 귀한 피리를 손에 넣었겠지요."

"흐음. 피리……."

"그럼 이제 우리는 밤을 누리러 가볼까요?"

왕신여제가 어두운 밤을 가리켰다. 두 혼귀왕은 스산한 바람 줄기를 타고 사라졌다.

*　　　*　　　*

"사무장님!"

다음 날, 사무실에 출근한 창규가 정수라를 불렀다.

"네, 변호사님."

대답하는 그녀의 손에는 판례가 두툼하게 들려 있었다.

"그건 뭐죠?"

"이혼 판례요. 10년 단위로 뽑았는데 최근 동향이 바뀌는 거 같아서 3년 단위로 분류하고 있어요."

"어떻게 변해가나요?"

"과거에는 조정이 많았는데 최근에는 재판으로 가는 비중이 커지고 있어요."

"원인은요?"

"통계를 내보니 간통죄 폐지 때문인지 불륜으로 이혼에 휘말린 중년들이 늘어났고요 거기에 더해 황혼 이혼의 증가, 나아가 이혼소송의 특성상 변호사를 선임하면 2심, 3심을 가더라도 변호사 교체가 잘되지 않는 점이 작용하는 거 같습니다."

"이야, 굉장한데요?"

"별말씀을… 이런 거야 하나의 자료에 불과하고요 굉장한 건은 1호실 조홍영 변호사에게 어울리는 거 같습니다."

"옆 사무실요?"

"이번에 전직 대통령 뇌물사건에 관련해 이송전자 변호인단에 추가 선임 되었다고 하네요. 제가 그쪽에 빨대 좀 꽂아놨거든요."

"음… 큰 건에 합류했군요."

"수임료도 그렇지만 대통령 연관이다 보니 사무실 홍보에도 좋은 거 같아요."

"부러워할 거 없어요. 우리도 현직 대통령 소송 건 하나 들어왔거든요."

"예?"

사무장의 눈이 휘둥그레졌다.

"이거 접수하세요."

창규가 계약서를 내밀었다. 대통령의 남편과 체결한 이혼 수임 계약서였다.

"변호사님!"

바로 격한 눈빛이 되는 사무장.

"쉬잇, 모든 의뢰인의 의뢰가 기밀이지만 이건 좀 특별해요. 다섯 명을 살리는 일이거든요."

"다섯 명이나요?"

"뭐 그런 게 있어요. 일단 가능한 대로 대통령의 사생활 자료 좀 모아주세요."

"변호사님……."

"장난 아니에요. 계약서 보고도 그래요?"

"그래도……."

"그래도 못 믿겠으면 청와대 들어갈 준비하세요. 거기 가면 믿을 수 있겠죠?"

"청와대라고요?"

"11시에 약속이 되었으니 서둘러야 할걸요."

창규가 웃었다.

"어머, 진짜인 모양이네?"

사무장은 아직도 절반쯤 넋이 나간 표정이었다.

11시 20분 전.

창규가 청와대에 도착했다. 입구에서 신원 체크를 하고 받은 방문증을 패용했다.

"우와, 진짜 청와대네."

동행한 사무장은 아직도 입을 다물지 못했다.

"청와대가 그렇게 신기해요?"

창규가 물었다.

"뭐, 그건 아니지만… 소송 건으로 여기 올 줄은 몰랐거든요."

"하긴 뭐 좋은 일로 온 건 아니죠?"

안내자를 따라 관저에 도착했다. 화면으로 보던 녹지원이 시원해 보였다. 하지만 관저는 그리 가까운 거리가 아니었다.

"강 변호사님!"

민선욱이 관저 앞에 보였다. 그는 혼자였다. 사무장에게 인사를 시키고 민선욱을 따라 들어갔다.

"대통령은 지금 수석비서관 회의 중입니다. 10분쯤 더 걸린다네요."

작은 대기실에서 민선욱이 말했다.

"대략적인 설명을 드리셨나요?"

"강 변호사가 한 번은 만나야 한다기에 팩트는 말하지 않았습니다. 오면 직접 말해주세요."

"그렇게 하죠."

"청와대 어때요?"

"좋네요."

"그렇죠? 하긴 여기 오고 싶어 목을 매는 사람이 많지요. 주인이 되는 건 더욱 그렇고……."

"……."

"하지만 나는 여기가 더 감옥 같답니다. 여기서 나가면 속이 다 시원해질 것 같아요."

'더'라는 말에 민선욱의 감정이 실렸다. 이해가 되었다. 원래도 정이 없는 대통령. 그런 차에 청와대에 들어왔으니 고립무원의 신세가 된 것이다.

"예……."

몇 가지 기본적인 질문은 사무장이 맡았다. 그사이에 30분이 흘렀다. 대통령은 오지 않았다. 민선욱이 시계를 보았다. 10분이 더 흘렀다. 다시 시계를 바라보는 민선욱의 표정에 그늘이 졌다.

대통령.

국정에 바쁘다.

그러나 미리 한 약속.

개무시를 당하는 분위기.

민선욱의 입지를 알 것 같았다.

9. 평생의 올가미

"민 박사님."

얼마 후에 직원 하나가 들어와 대통령의 소식을 전했다.

"대통령님은 보고서 검토할 게 있어서 늦는답니다. 식사도 영빈관 쪽에서 하신다고 먼저 드시라고."

"얼마나 늦으신다나?"

"시간 말씀은……."

"같이 만나야 할 사람이 있다고 말씀드렸었네. 벌써 한 시간이나 기다렸다고 전해주시게."

"예……."

직원이 나갔다.

"이거 미안하게 되었습니다. 아침에 미리 언질을 했음에
도……."

"아닙니다. 저희야 뭐… 기다리는 것도 일인걸요."

예정에 없던 식사가 나왔다.

라면이었다.

민선욱이 묻기에 창규가 생각없이 대답한 말이었다. 실은
청와대에서도 라면을 먹을까 하는 상상 때문이었다. 그런데
민선욱이 그대로 준비를 부탁했다.

"고맙습니다."

라면이 나오자 민선욱이 인사를 건네왔다.

"왜요?"

창규가 물었다.

"실은 내가 라면 좋아하거든요. 그런데 잘 먹지 못합니다.
며칠 전에는 사고도 쳤고……."

"알레르기라도?"

"아뇨. 대통령이 이걸 노래기보다 싫어해요. 라면 냄새 맡으
면 속이 니글거린다나요? 그래서 보통 때는 입도 벙긋 못 하
죠."

—시켰다간 난리 나지.

민선욱의 미소가 숨긴 언어였다. 웃음이 나올 뻔한 걸 간신

히 참았다. 사소한 식성으로 인한 의견 충돌. 그런 것만 보면 대통령 부부도 여느 부부와 다르지 않았다.

그때 입구 쪽에 기척이 들렸다. 직원들의 응대 소리도 들렸다.

"어이쿠, 우리 각하께서 오시는 모양이군."

민선욱이 고개를 들었다. 대통령은, 모습보다 목소리를 먼저 들여보냈다.

"민 박사가 또 라면 끓였어요? 어우, 냄새……."

목소리의 위세가 가기도 전에 문이 열렸다. 대통령의 등장이었다.

"……!"

대기실에서 마주친 네 명의 시선은 풀세트로 '황당'이었다. 대통령은 라면 때문에 그랬고, 민선욱은 손님들이 있음에도 목소리를 높인 대통령 때문에 그랬다.

창규와 사무장 역시 대통령의 반응에 놀라기는 마찬가지였다.

"각하!"

그대로 돌아서는 대통령을 민선욱의 목소리가 잡아 세웠다.

"내 변호사요."

대통령이 돌아보았다. 입을 열지는 않았다. 그사이에 식당

직원들이 라면 잔해를 치웠다. 직원이 나가자 민선욱이 남은 말을 이었다.

"각하와 나의 이혼소송을 맡아줄⋯⋯."

"뭐라고요?"

대통령이 득달처럼 반응했다.

"이혼소송 말이오."

"지금 어디 아프세요?"

대통령이 시선이 각을 세웠다. 기품을 잃지 않으려 하지만 쌀쌀맞은 기운이 배어나왔다. 그사이에 창규의 쌍식귀가 출격했다. 상대는 대통령. 다시 볼 기회가 없을지도 몰랐다. 그렇기에 초고속 리딩으로 몰아쳤다. 일단은 민선욱의 말부터 확인해야 했다.

아전인수.

동상이몽.

그런 말이 있다. 한 사물이나 사건을 바라보는 사람들의 속내는 제각각이다. 자기 입장에서 보는 까닭이다. 민선욱을 믿지만 '팩트'와 '입장'은 다른 것.

[이미도]

창규가 아는 이름부터 욱여넣었다.

많았다. 매개 음식도 많았다. 커피를 마실 때도, 차를 마실 때도, 혹은 연회의 만찬에도 그녀 이름이 나왔다.

[첫 만남]

리딩 옵션을 넣었다. 여대였다. 남편이 첫 강의를 나가던 날, 정순혜는 자가용을 가지고 마중을 갔었다. 그때 이미도를 처음 보았다.

강의동 계단이었다.

둘이 인사를 나누고 있었다. 청아한 이미지의 이미도. 기분이 좋지 않았다.

"누구야?"

민선욱이 차로 오자 대뜸 캐물었다.

"뭐가?"

"방금 그 여자?"

"아, 같은 과 강사."

"강사하고 왜 말 섞어?"

"응?"

"자긴 정교수야. 앞으로는 강사하고 말 섞지 마. 천박해져."

"……"

그게 이미도에 대한 첫인상이었다. 마음에 들지 않은 것이다. 정순혜는 민선욱이 다른 여자를 보며 웃는 걸 좋아하지 않았다. 일대 모순이었다. 정작 그녀의 폴더 안에는 남자가 많았다. 불륜까지는 아니었지만 마음을 준 남자들. 정치가부터 연예인들까지 한둘이 아니었던 것.

민선욱이 말한 현장 발각은 사실이었다. 당시 민선욱의 여자 조교에게서 연락을 받았다.

"교수님, 지금 이 교수님이랑 함께 있어요."

이미도의 화실이었다. 국전 출품작을 함께 그리는 장소였다. 민선욱에게도 필요한 공간이지만 정순혜에게 말하지 않았다. 말을 하면 화실을 만들어주기는 하겠지만 온갖 공치사에 더불어 시시때때로 드나들며 체크할 일. 민선욱은 그게 싫었고 그래서 이미도의 화실을 공유하고 있었다.

쾅!

정순혜는 화실 문을 박차고 들어갔다. 소파에 있던 민선욱과 이미도가 소스라쳤다. 술에 취한 민선욱이 그녀 가슴에 안겨 위로를 받고 있던 중이었다.

짝, 짝!

따귀 갈기는 소리와 함께 민선욱이 말한 현장검증은 완료되었다. 정순혜는 민선욱의 말보다 폭주했다. 민선욱의 페니스 부분을 잡아당긴 것뿐만 아니라 이미도의 원피스까지 찢어버렸던 것. 알몸이 드러난 그녀에게 유화물감을 덧바르는 만행도 주저하지 않은 정순혜였다.

[청암 MEC]

그 확인도 마쳤다. 보이차 두 잔이 그 장면을 보여주었다. 그 직후 권력자인 아버지를 찾아간 정순혜, 눈물을 훌쩍이며 억울함을 호소했다. 이미도의 잘못을 100배쯤 부풀렸다.

"그년이 작정하고 여우 짓을 하며 남편을 끌어들여서… 그런 게 대학 교단에 있다는 건 대한민국의 수치이며… 게다가 집안이 좀 살고 유학 다녀왔다고 나를 천박한 여자로 알고… 나는 억울해서 못 살아요. 차라리 목을 매고 말 테야."

피눈물을 흘리는 딸의 연극에 아버지는 속수무책. 정순혜의 아버지 정두식은 그길로 이미도의 부친을 호출했다. 그러나 경우가 바른 이미도의 아버지, 딸에게 자초지종을 들었으니 정순혜의 처신이 지나치다는 입장을 밝혔다. 그게 결정적이었다. 권력자 정두식의 눈 밖에 나버린 것.

"죽여!"

정두식의 긴급조치가 취해졌다. 은행 돈줄을 막았다. 청암 MEC는 하루아침에 어려워졌고 이미도에게 보내는 해외 송금조차 힘들어지고 말았다.

[남자]

현장검증(?)을 끝낸 창규, 리딩에 속도를 붙였다. 대통령은 이혼을 반대하는 포지션. 그렇다면 그녀의 아킬레스건을 잡아내야 했다. 이성 파일은 많았다. 그러나 아까 확인했듯이 불륜까지 간 적은 없었다. 하나하나 뒤지다… 한 파일에서 시선이 멈췄다.

[마영춘 비서관]

청와대 직원이었다. 키가 크고 시원한 훈남 마스크였다. 그는 대통령의 그림자였다. 그림자이기에 바짝 붙어 살았다. 근거리 수행은 물론, 때로는 어깨도 주물렀다. 그리고… 하루 한두 번 대통령의 온몸도 주물렀다. 피곤하다는 핑계로 간이침대에 누워 전신 안마를 시키는 것이다.

지나치다. 일반 기업이라면 오너의 갑질이라고 지탄을 받을 일. 남녀가 뒤바뀌었다면 성추행이라고 난리가 날 일.

창규가 정신 줄을 바로 세웠다.

요즘 유행하는 말로 시선 강간이라는 말이 있다. 몸매가 되는 여자들이 짧은 스커트나 몸에 쫙 붙는 옷을 입고 나갔을 때, 여성을 바라보는 남성들의 시선을 빡빡하게 표현한 말. 그냥 바라보는 게 아니라 야릇하게 쳐다보면서 마음속으로 옷을 벗기고 달려든다는 것이다.

대통령의 속마음이 비슷했다. 사실 마영춘은 안마나 마사지 실력이 없었다. 그럼에도 그 손끝이 시원하다며 빌미를 만드는 대통령이었다. 침대에 누워 그 손길을 받을 때면, 대통령의 머리에는 마영춘과 합궁하는 상상으로 가득했다.

그 마지막은 방금 전이었다. 수석비서관 회의를 마친 대통령, 그에게 안마를 시키느라 늦게 온 것.

[특용]

이곳으로 넘어갔다. 시알리스 때문이었다. 해외 순방을 하다보면 고산 국가를 찾을 때가 있었다. 일부 직원들은 발기 촉진제로 고산병을 달랬다. 그때 우연한 대화를 들었다.

"이게 고산병은 좀 나아지는 거 같은데 새벽이면 거시기가⋯⋯."

"그렇지? 나도 지나가는 아가씨만 보면 벌떡거린다니까."

수행원 머릿수대로 구매하기에 언제나 여유분이 빵빵하던 발기 촉진제였다. 먹는 사람도 있지만 안 먹는 사람도 있는 까닭이었다. 여직원을 시켜 여유분을 챙겼다. 민선욱을 위해서(?)였다.

민선욱은 안 질환이 있었다. 고질병인 안검염이었다. 그림 작업을 하기에 눈의 피로도도 높았다. 그래서 종종 블루베리 감식초를 마셨다. 대통령은 그걸 이용했다. 주방 직원에게 효소 가루라고 말하고 시알리스 분말을 준 것. 직원은 매번 민선욱의 감식초에 그걸 녹였다. 민선욱이 마시면 다가가 사타구니를 건드렸다. 민선욱이 정색하면 전과를 들먹였다.

"왜요? 내가 이미도가 아니라서?"

"……"

"나는 그 일로 속을 썩어 폐경이다 뭐다 다 시들었는데 당신은 아직도 쌩쌩하네. 오늘은 나 좀 제대로 위로해 줘봐요. 알았어요?"

대통령의 요구는 지시였다.

별수 없이 응해주면 더 많은 요구 조건이 따랐다. 이렇게, 저렇게, 젊은 애들처럼 좀 시원하게, 남들은 두 시간이라는데 5분도 안 가?

민선욱에게는 부부의 침실조차 모욕의 연장이었다.

부부의 침실.

신도 개입할 수 없다. 하지만 이건 아니었다. 민 박사는 시알리스의 존재도 모르고 있었던 것.

하지만 대통령의 표독함은 거기가 끝이 아니었다.

[아마리지]

딱 한 방울의 향수. 화이트 플로럴 향수의 전설로 불리는 아마리지가 단서였다. 그냥 넘기려다 열어본 파일이었다. 진짜 경악할 사건은 거기 들어 있었다.

'그 사건' 직후에 생긴 민선욱의 맹장수술 때였다. 수술이 끝난 민선욱이 특실로 올라왔다. 병실에는 정순혜가 있었다. 간호사가 나가자 정순혜가 문을 잠궜다. 그런 다음 사람을 시켜 구해 온 도구를 꺼냈다. 침과 문신용 잉크였다.

정순혜는 자신이 애용하던 향수 아마리지를 꺼냈다. 그걸 손등에 뿌리고 혀로 찍어 맛을 보았다. 마음에 들었다. 정순혜가 좋아하는 향수. 이 그윽하고 애련한 향… 정순혜의 시선이 민선욱을 거누었다. 그녀의 음모는 간단했다. 자신의 상징처럼 생각하는 향수. 그 향을 민선욱에게 풍기게 하고 싶었던 것. 환자복 바지를 내린 정순혜가 침을 꺼내 들었다.

'오 마이 갓!'

그녀의 손이 사타구니 가장 깊을 곳을 향할 때 창규는 눈을 감았다. 리딩조차 역겨운 집착이었다. 사건 사고 소식 때 더러는 들었던 은밀한 곳의 문신.

—너는 내 거야.

그 의미를 지닌 이니셜 JSH.

너무 깊은 곳이라 민선욱 본인조차 모르고 오직 정순혜만 아는…….

그건 한마디로 테러였다. 민선욱에 대한 독점욕. 빗나간 소유욕과 집착이 빚어놓은…….

여기까지.

창규가 리딩을 끝냈다. 이 부부는 이혼하는 게 옳았다. 완벽하게 두 얼굴인 대통령. 자애로운 듯 웃지만 자기 남편에 대해서는 소유욕과 집착으로 가득 찬 아내. 남편의 실수 하나를 가지고 평생 닦아세우는 악녀가 거기 있었다. 국정 수행 능력과는 판이하게 다른 아내의 모습. 민선욱의 입장에서는 이혼을 생각하는 게 당연했다.

"이봐요."

정순혜가 창규를 불렀다.

"예."

"변호사라고요?"

"예……."

"돌아가세요."

"네?"

"이 사람, 요즘 많이 피곤해요. 무슨 말을 들은 건지 모르지만 없었던 일로 하고 돌아가세요."

"아니오."

민선욱이 나섰다.

"내 말대로 하세요. 알아들었죠?"

대통령은 민선욱을 무시하고 창규에게, 낮고 굵은 목소리로 강조를 했다.

"아니오!"

이번에는 창규가 말했다. 대통령이 각진 눈빛을 세웠다. 일개 변호사, 그것도 새파랗게 어린 변호사가 대통령의 말에 딴죽을 걸고 나온 것이다. 그것도, 대통령의 관저에서. 그렇거나 말거나 창규는 의뢰인을 위해 말을 이어나갔다.

"제 의뢰인 민선욱 박사님은 그 부인이신 정순혜 대통령님과의 이혼을 원하고 있습니다. 제 의뢰인을 대신해 정식으로 이혼 청구를 통보합니다."

"이봐요."

"합의이혼을 하실 건지, 소송으로 갈 것인지는 대통령님의 뜻에 달렸습니다."

"이봐요!"

대통령의 목소리가 확 높아졌다.

"제 의뢰인은 한 번의 실수를 했습니다. 그 실수 이후 제 의뢰인은 결혼 생활이 아니라 감옥 같은 생활의 연속이었습니다. 대통령님께서 배우자를 대하는 태도는 평등을 벗어나 모욕에 가까우니 더 이상의 혼인 유지는 무의미하다는 게 본 변호인의 입장입니다."

"당신, 정말 이렇게 나올 거예요?"

대통령의 시선이 민선욱을 겨누었다. 그 또한 멸시와 무시가 오롯한 시선이었다.

"나는 결심했소. 그만 끝냅시다."

민선욱은 단호했다.

"당신, 변호사 된 지 얼마나 됐어?"

대통령이 창규에게 시선을 돌렸다.

"그건 중요하지 않습니다만."

"실수하는 거야. 이거 국격을 해치는 일인 줄 몰라?"

"저는 단지 이혼소송을 대리할 뿐 국격과는 상관없다고 생각합니다."

"명함 놓고 가. 내가 진짜 변호사를 보낼 테니."

"그리죠."

창규가 명함을 꺼내 놓았다.

"나는 사저에 가 있겠소. 어차피 시작한 일이니 당신하고 한 방에 머물긴 힘들 테고……."

민선욱이 말했다.

"이봐요, 민 박사!"

대통령이 외쳤지만 민선욱은 개의치 않았다. 그는 가방 두 개를 들고 나와 자기 차에 실었다. 깊이 작심한 눈빛이었다.

"강 변호사."

"네?"

"사저에 있을 테니 상황이 진척되는 대로, 혹은 내가 필요하면 언제든 연락하시오. 그리고 청암 MEC 건 말이오……."

민선욱은 대안 하나를 던져주고 관저를 나섰다. 창규와 사무장도 그 뒤를 이었다.

부릉!

창규의 차가 청와대를 나왔다.

"어휴!"

차는 세종문화회관 앞에서 급정거를 했다. 운전하던 사무장이 브레이크를 밟은 것이다.

"괜찮아요?"

창규가 물었다.

"어떻게 괜찮아요? 변호사님은 아무렇지도 않아요?"

"뭐가요?"

"우와, 이 강심장. 저는 간이 다 쪼그라든 거 같은데……."

"그냥 의뢰인이에요. 이혼소송 의뢰인."

"말이야 그렇죠. 하지만 대통령이잖아요? 진짜 대통령!"

"그럼 이렇게 생각해요, 만약 노숙자가 소송을 의뢰하러 왔다. 그럼 가난하고 초라하니까 개무시할 거예요? 아니잖아요?"

"그건 또 그렇네요."

"그렇죠?"

"그렇게 생각하니까 좀 담담해지는데요?"

"그럼 가시죠."

"하지만 불안해요."

"또 뭐가요?"

"그래도 대통령이잖아요? 우리 사무실에 해코지하는 건 아니겠죠?"

"지금이 무슨 5공화국이에요? 우리가 뭐 꿀리는 거 있어요?"

"그건 아니지만 대통령이잖아요? 권력을 앞세워 눌러대면… 국정원이라든지 검찰이라든지 내세워서 사찰……."

"마린 하나 잡으려고 캐리어 동원하겠어요? 대통령 체면이 있지."

"아까 눈빛 못 봤어요?"

"봤죠. 잠이 확 깨던데요?"

"아무튼 변호사님 진짜 대단해요. 어떻게 대통령 소송을 다 맡게 되었어요? 이번에도 그 제보자 알선인가요?"

"아마."

"우와… 그분은 정말……."

"대단하죠?"

"언질이라도 좀 해주시면 안 돼요? 뭐 하는 분인지……."

사무장이 창규를 돌아보았다.

비밀.

세상에는 그런 게 있다. 아마 사무장도 있을 것이다. 하지만 하나의 팀으로 움직일 때의 비밀이란, 모르는 사람에게 소외감을 주게 되어 있다.

"뉴스타파 아시죠?"

"네."

"미국에도 그 비슷한 독립 언론이 있습니다. 그쪽 아시아 팀에서 활동하는 분이랑 운 좋게 선이 닿았어요. 그래서 익명 보장을 조건으로 자료를 받아보고 있습니다."

"아!"

사무장이 고개를 끄덕였다. 이 정도로 넘어가 주니 다행이었다. 그때 창규 전화기가 울렸다.

"여보세요?"

창규가 핸드폰을 받았다.

─강창규 변호사?

전화기에서 묵직한 중저음이 흘러나왔다.

"그런데요?"

─방금 청와대 다녀오는 길이오?

"예… 누구신지……?"

―나, 양주동이라고 합니다. 로펌 화홍의 대표예요.

"……!"

양주동.

서울가정법원장과 고등법원장, 대법관을 거친 법무법인 화홍의 대표.

법조계 초거물의 전화였다. 청와대라고 하니 대통령의 지시에 의한 건 불 보듯 뻔한 일. 창규가 숨결을 고를 때 거물의 목소리가 환청처럼 이어졌다.

"대통령님께서 강 변호사를 한번 만나라고 하는데 내가 갈까요? 아니면 우리 로펌으로 오시겠습니까?"

                    *   *   *

"……!"

화홍의 대표실에 들어선 창규의 시선이 멈췄다. 양주동이 있었다.

그는 창가에 기대 팔짱을 낀 채 여유로웠다. 손에는 자료가 들려 있다. 방금 전까지 검토 중인 모양이었다.

그 앞 소파에는 장년의 변호사가 자리하고 있었다. 화홍의 가사소송 팀장 이병세였다.

그 또한 '태종'의 팀장 못지않게 이혼소송과 재산 분쟁에서는 언터처블로 불리는 거물 변호사였다.

"강창규 변호사?"

양주동이 물었다.

"이쪽은 같이 일하는 권일범 변호사입니다."

창규는 일범을 소개했다. 그를 동행한 건 경험을 위해서였다. 변호사들은 법정에서, 혹은 이렇게 검사와 변호사를 만난다.

창규도 그랬지만 상대가 거물이면 괜한 주눅이 들 수 있다. 그래서 경험이 필요하다. 거물도 사람이니 몇 번 대하다 보면 면역이 되는 것이다.

"아주 영(Young)한 팀이군. 앉으시오."

양주동이 자리를 권했다.

"이쪽은 우리 가사 팀장 이병세 변호사요."

"예."

창규와 일범이 가볍게 고개를 숙여 인사를 나누었다.

"젊은 친구들이 배포가 대단하시군. 청와대 주인에게 이혼소를 논하다니……."

양주동은 너털웃음을 웃으며 이병세 옆에 자리를 잡았다.

"소송이 신분이나 지위를 가리는 건 아니지 않습니까? 헌법에 명기된 평등의 원칙에 의해……."

"그래, 일단 들어나 봅시다. 그쪽이 주장하는 대통령의 유책 사유가 뭐요?"

"배우자의 주장에 따르면 지속적인 모욕이 첫째입니다."

"구체적으로 말해보시오. 대통령께서 내게 그 일 전반을 의
뢰하셨으니."

"대통령께서는 부군을 남편으로 대우하지 않고 있습니다."

창규 말이 끝나기 무섭게 이병세가 자료 사진 몇 장을 던져
놓았다. 공식 석상에서 화목한 대통령 부부의 사진이었다. 창
규도 보았던 그……

"행복해 보이는군요. 하지만 이건 대통령의 체면을 고려한
민 박사님의 연출일 뿐입니다."

"가식이다?"

"민선욱 박사께서는 오랜 상심으로 신경과 약을 복용할 정
도로 스트레스를 받고 있습니다. 동등한 인격과 평등이 보장
되지 않는 결혼 생활은 무의미하며 그 과실은 대통령에게 있
다는 게 제 법률적 판단입니다."

"신경과 치료는 민 박사의 성격 때문이오. 우리도 자료를 받
았소이다."

다시 이병세가 끼어들었다. 그는 자기 앞에 있던 자료 뭉치
를 톡톡 치며 주의를 환기시켰다.

"그건 대통령과 닥터의 해석에 불과합니다. 민 박사께서는
제 얼굴에 침 뱉는 격이라 스트레스의 원인을 말하지 않았다

고 합니다."

"그거야말로 그쪽의 자의적인 해석이군요. 진단은 환자가 아니라 의사가 내리는 겁니다."

"이 건은 편린에 불과하고 진짜 원인은 다른 곳에 있습니다."

"그러니까 그걸 말해보라는 겁니다. 당신들이 주장하는 팩트라는 거."

"모욕과 멸시라고 말하지 않았습니까?"

"말이 아니라 증거."

이병세의 눈빛이 매워지기 시작했다.

"민 박사님의 상처는 신혼 초에 시작되었습니다. 그때 그분은 약간의 실수를 저질렀죠. 대통령은 그걸 빌미로 현재까지도 민 박사를 모욕하며 인격을 훼손하고 있습니다. 이건 파탄으로 보는 게 옳습니다. 대법원도 돌이킬 수 없는 혼인 관계에 대해 예외적으로 파탄을 허용한 판례가 있습니다."

"강창규 변호사."

"예?"

"당신, 대통령에 대해 얼마나 아십니까?"

"무슨 뜻입니까?"

"대통령이라는 자연인 말입니다. 민선욱 박사도 마찬가지고요."

"기간을 논하는 거라면 의미가 없다고 생각합니다만……."

"강 변호사, 결혼했지요?"

"그렇습니다."

"부부 싸움 한번 한 적 없습니까?"

"있습니다."

"내 경험담이지만 좀 세게 싸우면 좀 세게 삐지게 되지요. 상대에 대한 억하심정도 생기고 어떻게든 눌러 버리고 싶기도 하고… 이건 대한민국 모든 부부들이 비슷할 거라고 생각합니다만."

"그래서요?"

"대통령 말씀이 일주일 전에 사소한 문제로 의견 충돌이 있었다고 하더군요. 아주 사소한 라면으로 말입니다."

"……."

"그날 민 박사께서 주량 조절을 못하고 술을 많이 마신 모양입니다. 그래서 아무도 없는 주방에 들어가 라면을 끓이려다가 깜박 졸아서 다 태워 버렸답니다. 그때 대통령께서 면박을 주신 모양입니다. 우리 대통령, 사실 라면 알레르기가 있거든요."

"라면 알레르기라고요?"

"민 박사도 그걸 압니다. 그런데도 굳이 라면을 먹으려다 그런 참사를 일으켰으니 대통령이 화를 내는 건 당연하지 않을까요? 민 박사의 이 일탈은 아마 그때 상한 자존심에 대한 일시적인 항거로 보입니다만. 강 변호사 생각은 어떻죠?"

"대통령은 라면 알레르기가 아닙니다. 대선 때 소소한 건강 문제까지 다 밝혔지만 그런 조항은 없었습니다."

"그건 심리적인 거요. 심리적 알레르기… 강 변호사도 싫어하는 음식이 있을 거 아닙니까?"

"그 또한 의사의 진단이 나온 겁니까? 제가 알기로 심리적인 이유는 진단이 확정되기 어렵다고 들었습니다만."

창규가 눈빛을 세웠다. 이병세에게 한 방을 먹인 것이다.

"이봐요."

"아무튼 그렇다고 해서 라면 먹을 자유까지 가로막습니까? 민 박사님의 주장도 저와 같습니다만……."

"강 변호사, 혹시 영국 엘리자베스 여왕의 남편을 아십니까?"

"필립 공 말입니까?"

"그래요. 필립 공. 그 사람이 여왕의 남편으로서 한 명언도 아시는지?"

"한두 마디가 아닐 텐데요?"

"이렇게 말했습니다. 여왕을 실망시키지 않는 게 내 의무다 라고."

"……."

"필립 공은 관상동맥경화로 위기를 넘겼고 방광염으로 모진 고생을 했지요. 그러나 그는 빛나는 내조이자 외조로 여왕을 빛냈습니다. 그는 여왕을 실망시키지 않는 게 자신의 의무라는 걸 잘 알고 있었지요. 단언컨대 어느 나라든 여왕이나 여대통령 남편의 역할은 다를 리 없습니다."

"그녀는 자기 남편을 동등하게 대했습니다. 남몰래 모욕을 주거나 국정의 스트레스를 남편에게 풀지는 않았죠. 서로 다른 경우를 놓고 비교하는 건 온당한 처사가 아닙니다."

"고지식하시군. 그럼 대체 그 모욕의 실체라는 게 뭐요?"

이병세가 묻자 창규가 일범을 바라보았다. 일범이 종이 한 장을 꺼내 놓았다. 민선욱이 보여준 그 종이였다.

―예술가라는 인간이……

"이게 뭐요?"

"민 박사님이 주장하는 요지입니다. 팩트만 말하자면 신혼 초의 사고 때 모욕과 멸시의 뜻으로 들은 말입니다. 이후 대통령은 소소한 시빗거리가 생길 때마다 의도적으로 이 말을 사용함으로써 그날의 치부를 들춰 인격을 침해하고 스트레스를 유발하게 하고 있습니다. 이는 명백한 인격 침해이자 인격 상해입니다."

"하하핫!"

듣고 있던 양주동이 웃었다. 이병세의 입가에도 미소가 흐르긴 마찬가지였다.

"강 변호사, 가만 듣자니 참 용감하군요. 이 건이 가정법원으로 간다고 가정합시다. 이 정도로 이혼이 성립될 것 같습니까? 신혼 초의 사건은 우리도 들었습니다. 바람을 피우다 현장을 들켰다죠. 바꿔 말하면 유책 사유는 민 박사에게 있어요. 배우자의 불륜, 누가 더 충격을 받았겠습니까? 대통령도 말씀하세요. 용서는 해줬지만 지금도 그때만 생각하면 심장이 벌렁거린다고……."

양주동이 쐐기를 박고 나섰다.

"그건 용서가 아닙니다. 평생 구속의 빌미로 삼은 것뿐."

"말조심하세요. 이 자리는 법정 성격일 수도 있습니다."

"하긴 이혼소송이 청구된다고 해도 대통령이 출석하기는 어렵겠죠. 그렇다면 서로의 시간을 줄이기 위해 지금부터 아예 서로의 주장을 녹음할 것을 제의합니다."

"뭐요?"

"어차피 조정의 의미라면 확실한 방법 아닙니까? 소 제기가 되면 오늘 녹음을 변론으로 제출해도 될 것이고……."

"강 변호사!"

"미리 말씀드리는데 대통령은 그날 이후 민 박사님을 소유물로 생각하고 살았습니다."

"강 변호사!"

양주동의 목소리가 확 올라갔다. 하지만 창규는 눈도 깜빡하지 않았다. 대화 중에 두 사람의 섭취물을 리딩한 것이다.

『승소머신 강변호사』 5권에 계속…